时光里的风景

时光里的风景

蒋光明／著

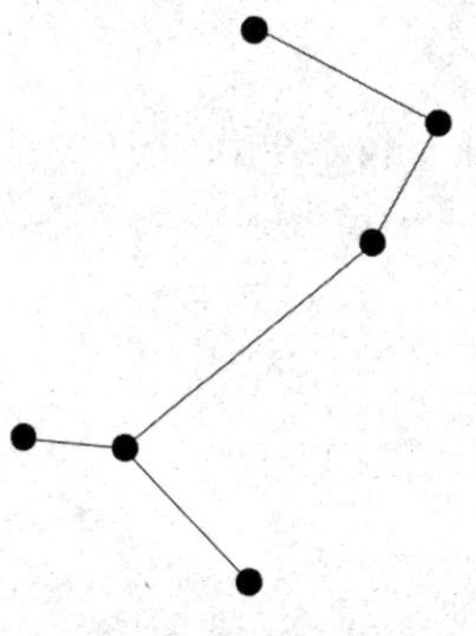

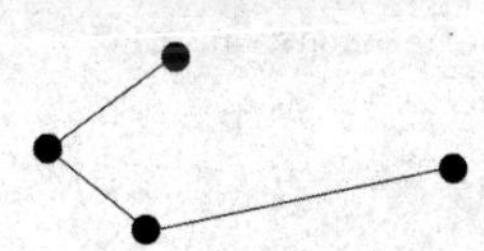

图书在版编目（CIP）数据

时光里的风景 / 蒋光明著. — 北京：中国书籍出
版社, 2019.8（2021.1重印）
ISBN 978-7-5068-7378-9

Ⅰ. ①时… Ⅱ. ①蒋… Ⅲ. ①散文集－中国－当代
Ⅳ. ①I267

中国版本图书馆CIP数据核字（2019）第152823号

时光里的风景

蒋光明　著

责任编辑　成晓春
责任印制　孙马飞　马　芝
封面设计　鸿儒文轩
出版发行　中国书籍出版社
地　　址　北京市丰台区三路居路 97 号（邮编：100073）
电　　话　（010）52257143（总编室）　（010）52257140（发行部）
电子邮箱　chinabp@vip.sina.com
经　　销　全国新华书店
印　　刷　三河市华东印刷有限公司
开　　本　650毫米 × 940 毫米　1/16
字　　数　220千字
印　　张　15
版　　次　2019年8月第1版　　2021年1月第 2 次印刷
书　　号　ISBN 978-7-5068-7378-9
定　　价　45.00 元

自 序

说起来，虽然有朋友恭维我称我为作家，对此桂冠可实在有愧，我不但不是学文学的，而且从未想到写文章出书，即使写点小文章也是在人到中年以后了。说起我怎么会开始写文章来，还真不是出自我的本意，那年我去一个医院当院长，为了有一块医院自己的宣传阵地，就想起办一份院报。我任命的编辑对我提出我也得写稿，于是基本上每期院报上就有了我的文章；并且承蒙当时市报社的副刊主编转载了不少在副刊上，从而使我对写些小文章有了点兴趣。近年来移居海外，世事白云苍狗，感慨系之，同时因了闲暇时间很多，于是开始在电脑上敲敲打打起来，并发在博客上，短短时间居然点击率还甚高。

以前写文章也从未想结集出版，随写随丢弃，即使以前发表在报纸杂志上的也一无所剩了。因了网上读者与朋友们的劝导，说我也算写了这么些，也该留下来，省得再丢弃了，殊为可惜。于是就把这些幼稚的东西凑成了这么一本，总冠以“时光的风景”，亦算是我前半生的经历吧。因有些文章所记的是当年特定的历史时期和特定的年代，故把它们分别归入“遥远的故乡”“农村纪事”“岁月留痕”“旅游杂记”，四个版块之中。

我以医生为职业，在无影灯下消磨了大半个青春。因从未与文字结交，其实连文学票友的资格也不够，文字功底之差是不言而喻的。本书写得实在很难拿得出手，假若读者诸君能耐下性子看我这些不成样的东西，我就很感激了。

在此书出版之际，谨对关心和鼓励我的朋友们致以衷心地感谢!

目录

农村纪事

岁月留痕

旅游杂记

遥远的故乡

不要问我从哪里来

我的故乡在远方……

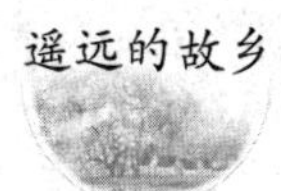

鸷山观音庵

我的故乡其实并不遥远，离我现在居住的城市也不过四十来里路吧，因为离别故乡已五十多年了，所以觉得故乡是那么遥远。

故乡虽是个小镇，却是水陆交通要道，倒也商贾云集，市面很繁荣。街上茶楼、酒肆、书场戏院应有尽有。一条大河从镇上穿过，河上舟楫往来如梭。每天上、下午各有一班小火轮供人上城和回来；不过乘轮船的是镇上稍稍有钱的人，一般乡下农民上城就得坐航船，船很小，张了帆，靠风力行驶，无风时就靠人力摇橹前进，与小火轮相比，那就慢得多了。还有一条公路绕镇而过，能坐汽车上城的就是镇上的财主了。离镇不过一二里路光景有一座山，那山的名字很怪，叫鸷山，山不高，但上面林木茂盛，郁郁葱葱。山上还出产一种鸡肝石，红红的，夹着各种花纹，乡下老头拾回去当火石用。我们每次上山都要拾上好多，放在裤袋里，但一到家就被大人搜出来丢掉，还要挨一顿骂。所以后来一回到家，我们就把小石头藏到看门的瘸腿老伯的小屋里，老伯也为我们保密。不巧，有一次被我祖母的小丫头看见了，并且告了密，于是连瘸腿老伯也挨了骂，从此以后我和我的小伙伴们就很难再偷偷地溜到山上去玩了。

山顶上有一个尼姑庵，庵里的当家老师太年纪已经很大了，每年春秋两季，老师太都要带上她的徒弟——两个年轻的小尼姑到我家念经。那老师太矮矮的个子，瘦骨嶙峋，稀稀的眉毛配上一对三角眼，凶相得很，我们见了她都有些怕。老师太一双三寸金莲，走起路来颤颤巍巍的，也亏她这双小脚，走山路还挺快的。那两个小尼姑不过十七八岁的光景，长得倒挺秀气。其中一个叫定慧的长得更是好看，一张瓜子脸，双眼皮下一对大大的眼睛，再配上一张樱桃小口，就连我这童稚的目光也觉得煞是好看。我长大以后，看到电影里的上官云珠就会想起这个小尼姑来。也许还是应了红颜薄命这句老话吧，这小尼姑终究未能逃脱厄运。她是逃荒来的苏北人，进庵时才七岁，开始老师太把她当小丫鬟使唤，十来岁时给她剃度取了个定慧的法号。女人做尼姑本来就命苦了，后来发生的事就更令人慨叹她命薄如纸了，这且慢慢说吧。

每年观音生日，或是什么大的节日，家里大队人马要去山上烧香还愿，我们小孩子就名正言顺地可以跟着上山去。那尼姑庵不很大，倒也飞檐斗拱，黄墙碧瓦，在万绿丛中分外瞩目。庵中有一个观音殿，殿上供着一尊慈眉善目的观音菩萨。观音殿后面是一大片竹林。在观音大士前点上香烛磕过头后，大人们去云房里与老师太喝茶聊天，小尼姑就带我们小孩子去竹林里玩，定慧把竹枝做成风转转给我们，又会用竹叶吹出好听的声音来；不过得当心，不能让老师太听见，否则又要骂她们尘心未泯。那尼姑庵里有我祖母捐的香火田，所以老师太对我们很热情，下山时总要给我们好多吃食，

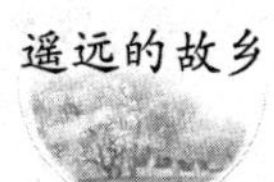

印象最深的是一种芝麻云片糕，很甜，还有白果，很香。后来我家搬到城里，每当夜阑人静时分，街上不时传来叫卖炒白果的吆喝："香香咧白果，粒粒爆开个，香是香来糯是糯，一百洋钿（老币）买四颗。"就不由得会想起童年时在观音庵吃白果的事来，那定慧的身影也会浮现在眼前。

这尼姑因为人长得漂亮，镇上几个浮浪子弟就有事无事常去观音庵。不过定慧人虽长得漂亮，倒真应了那句"艳如桃李，冷若冰霜"的话来，再加上老师太防范得紧，所以这些人虽然使出浑身解数，总未能得逞。可是后来毕竟有一个人不知用什么方法赢得了她的芳心，也铸成她的悲惨下场。这个人就是我的堂叔公。说是堂叔公，也不过才20出头，因为我们祖父这一支是长房，所以年龄比别房大，但辈分倒比各房都小。说来也可笑，有还在吃奶的孩子，我就要叫叔叔和姑姑哩。这位堂叔公倒是眉清目秀，唇红齿白，长得一表人才，当时正在日本当东洋留学生。那年暑假回家来，在家闲得无聊，就想上山玩去，还带了我们几个小孩子一起去。带我们去过几次后，他借口早晨锻炼身体，就每天独个儿上山去了。听家中大人说，也不知怎么两人就好上了，定慧还怀上了孩子。这娄子可捅得大了，老师太怒不可遏，亲自动手，在定慧隆起的肚子上放上一个磨盘，几个时辰后，小孩子是下来了，可定慧也香消玉殒了。我这位堂叔公当时正在上海，镇上有人悄悄地向他报了信，他连夜叫了汽车回家，迎接他的是本族老爷子们劈头盖脸的一顿臭骂，他老子逼着他第二天离家回日本。这位堂叔公后来终究未能完成他的学业，不久就回来了。回来后不务正业，也不肯娶亲，成天弹琴吹箫，种花养草，还抽上了鸦片，没过几时就吊死在观音庵竹林里的那棵老槐树下。家中女人们在骂他缺德的同时倒也赞他是个情种；

可老爷子们对这个不肖子孙却恨之入骨，死后还不放过他，一直把他作为蒋氏门中败家子的代表教育我们。他是独子，这一房就此断了香火。

那观音庵自从出了这件事后，就没有人再去烧香了。老师太也因定慧的死，变得疑神疑鬼的，不时揪自己的头发，打自己的脸。有一天，人们发现她跌死在观音庵前那块大石头上。另一位小尼姑料理完老师太的后事后，在一个月黑风高的晚上，卷了一些细软跑掉了。有人说她还俗嫁了人，也有人说曾在普陀山看到过她。这观音庵在解放后就被拆掉了，木料砖头给小学里拿去造了教室，于是观音庵也就成了我童年时代的回忆。

每当明月升起的时候，我也会怀念那遥远的故乡，怀念故乡的青山绿水。啊！故乡！故乡并不遥远，那里曾是哺育我生长的地方。

杏　妹

家中上上下下和所有的亲戚都叫她杏妹，家里的四个小孩叫她奶妈，虽然她从未给他们中间的任何一个喂过奶。杏妹是小二婆婆的陪嫁丫头，在我的印象中，杏妹长得人高马大，黑黑的脸，眼睛小小的，一点也不好看，说起话来也是高声硬气，我们见了她都有些怕。不过杏妹人虽长得粗气，却做得一手好刺绣，她绣的花卉和飞禽走兽栩栩如生，远近闻名。与杏妹相反，小二婆婆长得很娇小，脸很白，两颊经常带些红晕，像擦了胭脂，很是好看，原来她在生过第四个小孩后患了产后痨，经常上火。小二婆婆是填房，与小二公公差了二十多岁年纪，当初她父母贪图小二公公家有钱，只想把女儿嫁个好人家。因为家境不好，妆奁不多，陪嫁丫头也只有杏妹一人，所以她嫁过来时亲戚朋友连家中的佣人都有些瞧不起她。听说她嫁过来后一直抑郁不欢，她与杏妹虽是主仆却情同姐妹，所以一直未把杏妹嫁出去；杏妹也不愿和她分开，虽说她只是个陪嫁丫头，但家里的大小事都由她说了算，小二婆婆反而不管事。小二婆婆拖了几年，去世了。她去世时，四个孩子最大的才八岁，杏妹悉心照料这四个孩子和小二婆婆在世时一样。小二公公那时已五十多岁了，也没有再续娶，亲戚中的女人们对此有两种说法：一种说法是小二婆婆临终时向杏妹托孤；另有一种说法是杏妹想吞没小二公公的家产，不许小二公公再娶。不管哪种说法，反正小二公公没有再续弦是事实。

小二公公是我祖父的堂弟，他是小房，为了有别于另外一个二公公，所以上上下下都叫他小二公公。他也确实长得小头小脑，人倒很和气，也很喜欢小孩，四个子女见他一点也不怕。我小时候印象中的他通常戴着一只瓜皮帽，穿着长衫马褂。他年轻时学过中医，因为镇上没有医生，所以请他看病的人也不少。他也出诊，出诊时坐一顶两人抬的轿子，那轿子很小，蒙着黑布轿帘，平时歇在堂屋里。我和他家的孩子年岁相仿，经常在一起玩捉迷藏的游戏，有一次我藏在轿子里，不知怎么睡着了，家里人找来找去找不到，后来还是小二公公想起来会不会藏在他轿子里，倒真给他说准了。小二公公还很诙谐，他会弹古琴，还一定要教我，送了我一张琴，据他说是用雷击后的梧桐做的，是琴中的上品。可惜我对音乐毫无天赋，对那像天书似的琴谱亦如坠云里雾中，学来学去才只知道古琴有七弦十三徽，不过也总算还学会了一曲“大仙翁操”（初学时的练习曲），那“仙翁得道，得道仙翁，仙翁仙翁得道”的单调节奏胜似催眠曲，我弹着弹着就会打起瞌睡来。小二公公为教我弹琴还给我讲了个笑话，说是从前有一个人弹古琴弹得很好，但一直因为未找到知音引为遗憾。有天晚上，他在花园里弹起了一曲怀念故人的颇为伤感的曲调，此时从围墙外隐隐传来哭泣声。他循声寻去，看见一个老婆婆在哭，感到大为惊奇，这老太居然是他的知音。他就问她是否因听了琴声而哭，老婆婆点点头，他颇为感动，接着又问："你听懂我弹的什么吗？"老太止住了哭声回答道："听了先生弹的声音，让我想起我死去的丈夫来了。"他赶紧追问为什么？老太说："先生你弹出来的声音和我那丈夫在世时弹棉花的声音一样，不由得让我伤心落泪。"老先生一听大为扫兴，拂袖而去。小二公公一边说，一边手舞足蹈，让我们大笑不止。这古琴最终我没有学会，后来为怕招来麻烦，我母亲一定要我把琴劈开生煤炉，要是留到现在就值钱了。

解放后斗争地主，小二公公因为平日给人看看病，为人又和气，农会的人倒没怎么难为他，象征性地斗争了他一次，不过此后看病不许他坐轿子了。小二公公去世时我已经开始学医了，为了表示对我的期望和关心，他还送我一个银的瘪膨（中医用来向咽喉喷药粉的器具），这东西我从未用过，现在把它当作古董收藏着。

小二公公于1962年去世后，家中没有进账，到了捉襟见肘的地步。杏妹起早摸黑给人做些针线贴补家用，与四个孩子勉强度日。杏妹娘家是贫农，他兄弟再三劝说她回家，她都不肯。1964年搞"四清运动"，工作队不知听了什么人反映，一定说她是漏划地主，这可把她气坏了，老太赶到工作队队部，与四清干部大吵大闹，围了好多人观看。据说后来惊动到县里社教工作团，才没有把她划为地主。小二公公去世时，四个孩子都还在求学，杏妹省吃俭用，让他们一个个成家立业。这时小二公公亲戚中以前讲杏妹想吞没小二公公家产的人反过来翘起大拇指又夸奖起杏妹来。杏妹活到八十多岁，她抚养大的几个孩子对她很孝顺，四个孩子都在外地工作，大家都劝她与他们生活在一起，可杏妹哪儿也不去，仍住在"土改"时留下

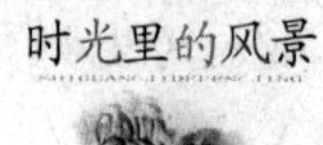

的两间厢房内。房间内引人注目的就是墙上挂的两张发黄的照片，一张是小二公公年轻时的，还是瓜皮小帽；另一张是小二婆婆的，小二婆婆那张照片看上去很年轻，也不知杏妹怎么在历次运动中保存下来的。

楚　楚

记得小时候，每当农历年底，家中都要祭祖宗。一般人家祭祖宗都只摆一桌，让老祖宗们团团圆圆地吃年夜饭，可我们家却是摆两桌。一个桌子大些，桌面上杯盘碗盏摆得满满的；而另一桌的桌子很小，杯盘碗筷也只有两套。每当蜡烛点燃后，我们家中老老小小都得向老祖宗磕头，却从不向坐在小桌子上的祖宗磕头。小小年纪的我怀着好奇心问大人们，得到的回答总是一句话："小孩子家，不作兴问这问那的。"但越是这样我越是想寻根究底，一直等到我懂事后才慢慢知道这里面竟然还有一段很凄惨的往事。

推算起来，应该是发生在六十多年前的事吧。我的祖母因娘家带来的几个陪嫁丫头年纪都大了，就逐个打发了出去，嫁人的嫁人，回家的回家，所以后来又陆续买了几个丫头。其中，有一个最得宠的小丫头，长得虽无沉鱼落雁之容、闭月羞花之貌，倒也楚楚动人，所以祖母就把她唤作楚楚。没过几年，楚楚就出落成水灵灵的大姑娘了。楚楚不仅长得貌美，而且心灵手巧，把我祖母哄得一刻也离不开她。按我们家的老规矩，丫头到了二十来岁就要把她嫁出去，或是发还本家。这楚楚因是从小被拐子拐卖过来的，也不知家在哪儿；我祖母又一时离不开她，所以就耽搁下了。不想祖父的叔叔，按辈分是我的太公，快六十了，却看上了楚楚，一定要娶她做小老婆，有事没事老往我祖母那儿跑，我祖母碍着他是长辈，总是客客气气地把话岔开。

再说我们家碾米厂里有个开机的小师傅名叫雨霖，是有一年逃荒的人家撂在我们家大门外的，那时大约八九岁的光景，虽然穿了一身破衣裳，可长得还是眉清目秀的。我家的账房惠仙生了四个女儿，就是没有儿子，于是把他领养下来，准备做个养老女婿。长大后，惠仙把他送到我们家米厂里学开车，这雨霖也很聪明，没过几时就成了米厂里的老管。楚楚和雨霖两个人差不多时间到我们家，年纪又相仿，因惠仙经常要向我祖母报账，雨霖也跟在身边，所以与楚楚经常见面。两人从小青梅竹马，长大后彼此都有那么个意思，避了人眉来眼去的，一个是非你不娶，一个是除你不嫁。慢慢地家中上上下下都知道了，惠仙十分光火，骂雨霖良心给狗吃了，立逼着和她小女儿成亲。正巧那时候也是祖父的那个不知廉耻的叔叔想要娶楚楚为妾的时候。在一个风雨交加的晚上，两人双双出逃到了苏州，因为楚楚曾听人说她小时候带有苏州口音，所以一直怀疑自己是苏州人。两人找了一个小客栈住下，准备慢慢寻找生身父母。他俩失踪后有两个人为追回他们最卖力，一个是我祖父的叔叔，一个就是账房惠仙，最后被我老太公雇的包打听找到了他们的行踪，派人带了回来。回来后两人被分别关在两个房间内，我祖母的意思，既然事情已这样了就成全他们算了；可我祖父的叔叔和惠仙都不答

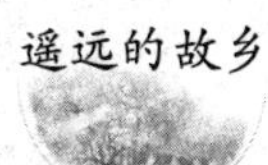

应，特别是那老头子，还扬言，除非楚楚去当尼姑，否则别想逃脱他手掌。雨霖不久就被逼着与惠仙的女儿成了亲，就在那天晚上楚楚投了河。等到大家从婚礼的热闹中发现楚楚失踪，为时已晚，她的尸体第二天浮上了河面。

自从楚楚死后，雨霖变得沉默寡言，神情恍惚，厂里的人怕出事，不叫他开车，可他倔得很，非开车不可。楚楚死后一年祭日那天早上，雨霖把车刚开动就把头伸到了飞速转动的皮带盘中，等到旁人发现关车，他早已成了血肉模糊的一团。事情发生后，大家议论纷纷，有人说是楚楚索命来了；有人说是雨霖殉情去了。那不成人的老太公受了惊吓，不久就病瘫在床上，躺了多年才死去。自从雨霖死后，厂里的工人老是疑神疑鬼的，晚上不敢上工。后来我祖父请了和尚道士念了好几天经，才算把人心稳定下来。也是从那年开始，我家祭祖宗时就多摆了一张桌子，让他们俩和我家的老祖宗们一起享用斋供，因为不是我们家正儿八经的祖宗，所以上祭的时候不用对他俩磕头。

在我儿时，每年的祭祀是很隆重的，但自从我们家迁到城里后，这祭祖宗的事就淡薄了许多，再往后连正宗的老祖宗的祭祀也免了，更不用说楚楚和雨霖了。近年来，在老母亲的督促下，每年春节前，我们又开始祭祖了。因为客厅小，只能摆上一张桌子，所以把楚楚他俩也请到了我们家老祖宗的座席上，于是他们也就晋升成了我们家正儿八经的小祖宗。当然，毕竟时代改变了，对老祖宗们也不用磕头而早已改成鞠躬了。

烛影摇红

又到了农历岁末，噼噼啪啪的爆竹声报告着天增日月人增寿。伴随着爆竹声声的还有那摇曳的烛光，那大红大红的红蜡烛，烛泪随着飘忽不定的火光流到了烛台上。童年时代，因为伴着烛光和爆竹的是有新衣穿，又有好吃的东西，还有随你怎么顽皮新年里也没有人骂你，所以小时候特别盼过年。长大后，看着流泪的红蜡烛，常会想起李商隐的“春蚕到死丝方尽，蜡炬成灰泪始干”……，于是摇曳的烛光就渗出丝丝愁意。而更令我伤感的是，在烛光里映出的那个蓬头散发的疯女人，那凄厉的尖叫夹杂在爆竹声的间歇中，至今回忆起来还感到有些毛骨悚然。

那年大年初一，当她被人从井里捞起来的时候，我刚好在花园里。那是一具被湿淋淋的衣服紧紧裹着的瘦小的身影，一绺湿头发遮住了她的额角，那怨艾不平的蹙在一起的眉头和紧闭的眼皮，那张没有气息的嘴巴大张着好像正在诉说着人世间对她的不公。在她

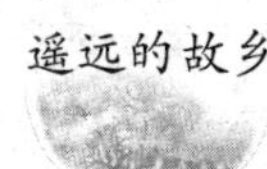

活着的时候见了她就害怕的我这时吓得大哭起来，我的老保姆大生倌娘娘赶紧把我抱开。

按辈分来说，这个井里淹死的疯女人是我的堂姑婆，但家里上上下下都叫她“姑太太”，也不许我叫她“疯婆婆”。说来也怪，这疯婆婆就是喜欢抱我，而我见了她就怕，远远地看见她来了就没命地逃。

疯婆婆淹死后，家里上上下下议论纷纷，有叹息的，也有骂的，可就是没有人哭，除了大生倌娘娘。对疯婆婆的身世，家里的大人们都讳莫如深，好像她犯了什么弥天大罪似的。成人后，我才在大生倌娘娘处了解个大概。疯婆婆出嫁前，大生倌娘娘曾在她家当过保姆。我这位堂姑婆童年时死了母亲，父亲在妻子死后染上了抽鸦片的恶习，把家中的财产抽了个精光。堂姑婆幼年时就被许给了一个乡绅人家，不想在她十八岁那年，她的未婚夫患热病死去，临死前本想把她娶过门“冲喜”，已选定了日子，但她的“短命郎”等不及“冲喜”就死了。未婚夫死后，她夫家仍坚持要把她“娶”过门，她父亲那时抽鸦片抽得不像个人样，因退不还聘礼，就硬逼着女儿嫁过去，抱着“牌位”成了亲。她在夫家苦守了三年，后来不知怎么与人有了孩子，被她婆婆发现了，硬逼着追问那个男的是谁，可她就是不作声，最后被夫家“休”回娘家。这时她父亲已去世，又没有个兄弟姐妹，还是我祖母把她收留了下来。小孩子生下来就被送到了育婴堂，过不多时她就疯了。开始的时候一天到晚不声不响、不吃不喝，后来一天到晚哭哭闹闹，什么脏东西都往嘴里塞。家里人上上下下都看不起她，只有好心的大生倌娘娘常常照顾她，像哄小孩似的哄她吃饭，帮她梳头、穿衣。当她疯劲上来时，就乱跑乱叫，特别喜欢追着小孩子抱，家里大人们看见她追我们就骂她，她

只是咧着嘴傻笑。有一次，我被她逮住了，硬往我嘴里塞了一块不知什么人给她的糖，看我吃糖，她乐得手舞足蹈，刚巧大生倌娘娘赶来，却没有骂她，还让她把我抱了好一会儿。

大生倌娘娘曾告诉我，这位疯姑婆是我们家女人中最标致的，脾气也好，手又巧，做的女红谁也比不过，可惜从小死了娘，又碰上了不争气的老子，害了她一辈子。说着说着，老保姆就一边抹眼泪，一边又把那个不知名的短命男人祖宗八代骂了一通。

疯姑婆淹死的那口井不久就被填没了，而花园里也不许我们小孩子再进去玩。疯姑婆死后，每年过年祭祀祖宗时，我母亲会另外放一副碗筷，并且说这是给疯姑婆准备的。

自从我家搬迁到城里后，每年祭祀不像在乡下那样隆重了，后来更是破除迷信破掉了。近年来，过年时点香烛、放爆竹又时兴了起来。

爆竹一声除旧，桃符万户更新，新的一年又降临人间。

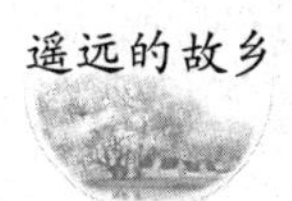

垂柳依依

当柳絮在和煦的春风中飞舞，当夏日的艳阳照得低垂的柳枝儿闪闪发亮，当柳条儿在瑟瑟的秋风中摇曳，当隆冬的冰雪把杨柳枝雕琢成玉树琼枝，我的脑海里就会掠过儿时的回忆，那小河边的杨柳，那三间茅草屋和爬满了紫红色牵牛花和挂满了丝瓜的篱笆，还有园子里那棵枝叶繁茂的老梅树。透过那垂垂的柳条，一个慈祥的老妇人，嘻开了那张瘪嘴，搀着一个胖嘟嘟的小男孩向我走来，那就是我的老保姆大生倌娘娘（按我们家乡的发音，“大”应读为dù）。

说来也真惭愧，我家也算是个世代读书之家吧，上一辈中既有大学生，又有留学生，可我的启蒙老师竟然是这么一位目不识丁的老保姆。从我记事起，我就一直在她的呵护下，夏天，老保姆一边给我打扇，一边唱着山歌哄我睡觉。在漫长的冬夜，我在老保姆给我讲的故事中沉沉睡去，至今印象很深的是“田螺姑娘”的故事。

也是在这样的夜晚，不识字的老保姆像唱儿歌似的让我学会了“人之初，性本善，性相近，习相远……”老保姆在我家算是资深保姆了，说的话很有分量，我父母也挺尊重她，她对我们家特别是对我感情很深。她待人和气，又乐意助人，所以在我们这个大家族中人缘很好。我童年时的事很多已经淡忘，但老保姆在我的印象中却是特别清晰。有一年，我生病了，又是吐，又是泻，我家当郎中的小二公公给我把了脉，开了一帖中药给我喝。我吵着不肯喝，老保姆看看没有办法，就叫人捉住我的双手，找来了一个碗，碗边上抹了些菜油，在我背上刮了十来下，居然就好了。我女儿小时候有肠胃不适，我通常也不给她吃药，就采用老保姆的办法，给她刮刮痧，也多次见效。

老保姆家离我家大概有三四里地吧，小时候除了由大人带着走亲戚外，不许我们到别人家去，不过老保姆家是例外。跟老保姆回家是我最高兴的事，在老保姆家没有人因为我“坐无坐相，立无立相”而责备我，我像出笼的小鸟一样，又蹦又跳，老保姆看着我快乐的样子，也是笑得眼睛眯成了一条缝。有一次我跟老保姆回家，傍晚下起了滂沱大雨，我们正在吃晚饭的当儿，突然从大门外望过去对面公路上一辆小汽车翻到了田沟里，车子里的人爬了出来，在大雨中淋着，一筹莫展。老保姆放下饭碗，叫上她儿子和村里人，用绳索扛棒把翻到沟里的汽车拖了起来；又把车上的女人和孩子领到家里，帮她们把衣服烘干，又招待她们吃晚饭。临走前，那些人留下一叠钱，可老保姆说什么也不肯收，那几个人千恩万谢地走了。这件事牢牢地记在我幼小的心灵中，直到今日。

老保姆人很好，可惜命运不济，年轻轻的男人得痨病死去，好容易把儿子拉扯大，又给他成了亲，媳妇还是方圆十几里的大美人，不想儿子也跟父亲一样得了痨病，经常咳嗽吐血，脾气也变得很乖张，老是疑心自己的老婆走花。开始还是小吵小闹，后来竟然大打出手，他媳妇咽不下这口气，干脆与邻村一个小伙子好上了。这下事情闹大了，她媳妇被人背后指指点点，说话很不好听，她儿子成天在身上带了把刀，扬言要把“奸夫淫妇”杀掉。老保姆看着要出事儿，在一天深夜，她把逃走在外面的媳妇叫到我家，把偷偷从家里拿出来的媳妇的衣服打了个包，又给了她一些钱，叫她与那个男的外出逃生去。她媳妇朝她磕了三个头，哭着叫了声娘连夜与那男的逃到外地谋生去了，直到老保姆儿子死后才回来。老保姆也干脆把媳妇当作女儿，把那男的招在家里当了女婿。这媳妇也很有良心，一直待她很好。

我家举家迁到城里后，也不再雇用保姆了，但老保姆还是常来给我母亲料理家务。那时候我父母没有工作，靠变卖家中的东西度日，老保姆每次来城里总要带些乡下的农产品，有时候还要带些她自己织的土布给我做衣服。老保姆每次来还有一桩任务，就是陪我到银行去卖金银饰品，当时我父母都很害怕，不敢去。老保姆把我领到老县城银行门口，紧紧地盯着我，我踮起脚尖，把小手伸到那高高的柜台上……等我领好钱，老保姆赶忙紧紧地拉着我的手，匆匆赶回家。

高中毕业后，我离开家乡外出求学，那天我去乡下向老保姆告别，她给我烧了我喜欢吃的咸黄鱼、咸鸭蛋，我要走了，老保姆拉着我的手说：“明官，你这一去也不知什么时候能回来，可别忘了我这个老太婆！”说着眼圈也红了，我赶忙安慰她，学校里放了假就来看她，并且说等我毕业后挣了钱，一定要寄给她。她把一条土布裤子、一件土布衬衫和两双布鞋包在一块青底白花的包袱里给我，把

我送到路口，我走出好远，回过头来还看到她靠在门口的柳树下，那被风吹得飘起来的白发隐隐现在绿色的柳条中。

我还没从学校毕业，正值困难时期一年寒假，母亲告诉我大生倌娘娘得了浮肿病，叫我去探望一下。于是我带了些吃的东西，又带了十斤粮票和一些钱，匆匆忙忙地赶到乡下去。那天天气很冷，一团团灰色的云在天空中沉重地徐徐流淌，凛冽的寒风扑面吹来，老保姆家门前的小河里结了冰，河边的柳树光秃秃的只剩下几枝桠杈，几只寒鸦懒洋洋地栖在树梢。园子里的那株梅树已经老得树干都疰空了，想起以前到老保姆家的时候，有一次刚巧梅花盛开，我想起一首诗："墙角数枝梅，凌寒独自开，遥知不是雪，为有暗香来。"就读给老保姆听，我明知她听不懂，故意问她，"我念得好不好？"老保姆笑着说，"好，好，好！只要是明官念的就好！"我还记得当梅子熟的时候，我去采梅子吃，老保姆怕我吃了酸梅子会长不大，所以总是把梅子用糖渍好后再给我吃，可如今这棵梅树再也不会开花结果了！老保姆浑身浮肿，看见我来很是高兴，脸上也露出了笑容，她媳妇忙着张罗我吃饭。可那是什么样的饭啊，饭里只见菜叶子，不见米粒，难怪老保姆要得浮肿病了。她媳妇告诉我，大家的日子都不好过，还有连菜叶子都吃不上的。趁她媳妇去河边洗碗的时候，老保姆从她睡的褥子底下掏出一包东西塞在我手里，我觉得沉甸甸的，原来是六个银圆，小时候，老保姆带我去银行卖的东西中就有它。老保姆一定要把这六个银圆给我，说将来等我结了婚，有了孩子，给小孩子，我拗不过她，只好收下了。后来这六枚银圆居然躲过了破四旧，现在还被我当作古董收藏着。我看她病得不轻，就劝她到城里去看看，她说不必了，村上人好多人都是得了浮肿病死的，她已经七十八岁了，死了也不算寿短的了。我要离开了，老保姆很有些依依不舍，她说这次看见了我，不知下次还能不能再见面了，说着说着，眼泪就汩汩地流下来。我也很伤感，但还是强装出了笑脸安慰她。不想这句话竟成了谶语，又拖了三个月，老保姆就去世了。

在我走过的人生道路上，老保姆是我孩提时代对我最关心的一个人，每次看到那青青的杨柳，我就好像又回到了金色的童年，又仿佛看到满头白发的老保姆嘻着瘪嘴朝我慢慢走来。

紫　薇

——她过早凋谢在红氍毹上

院子里的紫薇已经开花了。那小小的紫色花朵，虽不似国色天香的牡丹那样雍容华贵，也无芍药那么的娇艳，在姹紫嫣红的百花园中它也根本排不上号，不过我倒很喜爱紫薇。这百花园中的小家碧玉，还与我童年时的一个小伙伴有关。

她有一个美丽的名字——紫薇，虽说她比我还小一岁，但我得称她姑姑。紫薇也不是她的大名，按我们家的规矩，她的名字中间一个字应该是“祖”，紫薇是她父亲给起的小名。紫薇是我家三叔公的女儿，这位三叔公是标准的纨绔子弟，琴棋书画无所不通。他给我留下的印象就是每天早晨提着一只精致的鸟笼一边踱着方步，一边哼着京戏的样子。每年春节，镇上的几个大户人家轮流请戏班子来唱戏，从初三唱到正月半。戏台就搭在庙场上，也不卖票，加上新年里大家都闲着，四乡的人都来看戏，很是热闹。正对戏台还临时搭了几个小楼台，女眷带着孩子们就在楼上看戏。我们小孩子也看不懂戏文，就喜欢看穿了各种鲜艳服饰扎着大靠戴着雉翎的演员在台上使枪弄棒，翻筋斗。有一年轮到三叔公请班子，听大人讲，那戏班里有个青衣，不但唱得好，扮相也俊，全本《玉堂春》从“起解”开始到“团圆”为止都由她一个人唱下来。我也搞不懂当年乡下人多数不识字，可怎么能听懂戏文，演员唱得好的地方，就不住地叫好（当年还不时兴拍手）。令人奇怪的是，现今虽然一直在喊振兴京剧，什么京剧是国粹，是瑰宝，但看京剧的人不多，能看懂的就更少了，也不知是否是阳春白雪和者少寡之故。我这位三叔公几天下来对她痴迷得不得了，单独请她在家唱了几次堂会，后来竟提出想娶她做妾。这一方面招来家人的反对（我三叔祖母娘家很有钱，人也很厉害，妒忌心也重），另一方面班主也不愿把班内挑大梁的角儿放走。三叔公使出浑身解数，居然如愿以偿把人娶回家。听说当初跟我三叔公约定“两头大”，可后来究竟拗不过三叔祖母，大小老婆在一起过活，小三叔祖母为此受尽了闲气。而三叔公也大概摆脱不了人的那种“凡事难求皆绝好，及能如愿又平常”的习性吧，对她也不似先前那么宠爱有加了。小三叔祖母在生下紫薇的第二年春节期间就跟着来镇上唱戏的戏班子走掉了，虽然大家对她议论纷纷，不过她也真有骨气，所有三叔公给她的金银首饰衣服一样都没拿，就穿了随身衣服走人，从此杳无音讯。我的三叔祖母因自己膝下没个一男半女，对紫薇倒也很喜欢。长辈们说小紫薇长得像她那做戏子的母亲，很招人爱。她父亲就更不用说了，珍如拱璧，一有空就把她抱在膝上，一边哼着京戏，一边逗她。也许是得了父母的遗传吧，四五岁时她就能唱几段西皮二黄，而且唱得有板有眼。有

一年新年，父女俩还粉墨登场，来了出《打渔杀家》。演萧恩的三叔公一段散板："恼恨那吕子秋为官不正，仗势力欺压我贫穷的良民。原被告他那里一言不问，责打我四十板就叉出了头门。无奈何咬牙关忙往家奔，叫一声桂英儿快来开门。"演桂英的紫薇就一边做开门的动作，一边接唱："忽听门外有人声，想是爹爹转回程，【白】爹爹为何这等模样？"把一个渔家姑娘演得活灵活现，赢得台下看戏的人满堂彩。三叔公家和我家住得很近，所以小紫薇也常跟着他父亲来我家玩。虽说她是长辈，但都是六七岁的小孩子，也不必讲究什么长幼尊卑，大家在一起玩得很高兴。后来三叔公跑到了台湾，家中的地和房屋都分给了农民。三叔祖母这个地主婆成了被改造的对象，养尊处优惯了的她脾气越来越坏，小紫薇成了她的出气筒，身上给她经常打得青一块紫一块的。有一次紫薇一个人逃到城里，找到了我家里，三叔祖母这下才着了急，从此以后对她就好了一点。我家搬到城里后，来往就很少了。只知道紫薇初中毕业后给一个京剧团招了去，虽然三叔祖母极力反对，可也考虑到家中的境况，最后也同意她去了。三叔祖母于1958年去世，在三叔祖母丧事上，我见到了紫薇，此时已出落成一个水灵灵的大姑娘了。从此以后我们就再也没见过面，直至1961年春天一个周末的晚上，我和几个同学因晚饭时打赌吃稀饭谁能得冠军，结果来自湖北的一个同学以十三两稀饭一次喝下得了冠军。冠军是得了，但肚子却胀得难受，于是我们大家陪他一起上街散步。这稀饭也实在不管用，不消半个小时，这位同学的肚皮就已平复如初了。这时大家也累了，刚巧到了工人文化宫门前，一行人就坐在台阶上休息。我一个人踅到门厅里，看见墙上贴着演出的海报，原来是南通京剧团在演出。演员中有一个叫紫薇，我不由心中一动，是不是我的小姑姑？再一想天下同名的人有的是，何况她的本名也不叫紫薇。那天演的是《三堂会审》，于是我提议大家看京戏去，却没人响应，我只好一个人买了票进去。那年月是艰难的岁月，看戏的人很少，打闹场（京戏开演前的锣鼓等乐器打一会，以引起观众的注意）打了三次，才在前几排稀稀拉拉坐了五六十个观众。不过演员倒是演得很认真，那演苏三的我怎么看也像是紫薇，那一段西皮唱得正是字正腔圆："这场官司未动刑，玉堂春这里我就放了宽心。下得堂来回头看。【快板】这大人好似王金龙。是公子就该把我来认。【白】哦，是了。【接唱】王法条条不徇情。上前去说句知心话，看他知情就不知情。【摇板】玉堂春好比花中蕊……"戏演完后我跑到后台，那演苏三的演员正在卸妆，这下就露出了庐山真面目，不是紫薇还有谁！紫薇见了我很高兴，分别了这么多年，居然在异乡客地相逢，这世界也真太小了。在紫薇演出的一个星期中，我去看了几次戏。有一次与一个要好的同学张鹤龄一起去了，他看到戏院里生意不好，就出了个主意，是不是建议学校里包一场，但我们学校的校长对京戏一窍不通，被他一口回绝。

紫薇就要跟剧团走了，那天下午她到学校来看我，班里的女同学只当我女朋友来了，纷纷交头接耳，后来还是与我一起去看戏的张鹤龄给我澄清事实，说她还是我的长辈哩。那天我们谈了很多，从小时候一起扮扛头[①]到她学戏，学戏时的艰辛等等，说着说着她的眼圈也红了。我劝慰了她一番，她说会写信给我，我问她怎么回信，

① 我的家乡每年春季有庙会，大户人家除了出钱办会外，还把自家的孩子扮成京戏中的故事人物，坐在轿内，抬着招摇过市。看谁家的轿子好，谁家的孩子扮相俊，谁家的服饰华丽，以此炫耀夸富。这轿子和轿子中的人就叫扮扛头。

她说剧团来去飘忽不定，等她写信告诉我回信的地址吧，临走她又给了我十斤粮票。紫薇来过几次信，我也去过几次信，但后来就收不到她的信了，也许是我的信她未曾收到。不久我毕业离开学校走上了工作岗位，从此又与紫薇失去了联系。

转眼到了 1984 年，我在上海第一人民医院进修，我大姐也在那家医院工作。有一天，我大姐告诉我紫薇带了她丈夫到上海看病来了，已经给他安排好了床位，叫我去看看他们。于是我去了，一到那儿就愣住了，一个看上去四十来岁，虽然蓬头逅脸然而仍不失为眉目清秀的女人；一个看上去将近六十来岁，瘦得皮包骨头全身发黄的乡下老头。这就是紫薇，那个曾经那么漂亮的紫薇吗？答案是肯定的。在紫薇丈夫住院期间，紫薇就住在我大姐家，也知道了这么多年她的坎坷人生。原来“文革”开始不久，紫薇她们的剧团就解散了，演员都下放到苏北农村，在无可奈何下，紫薇嫁给了这个躺在病床上的男人——当时的生产队长。“文革”结束后，剧团重新建立，团里的一些小姐妹辗转找到了她，叫她回剧团，可她老公怎么都不同意，而紫薇也居然认命。那个时候苏北农村的生活是非常艰苦的，也难怪紫薇变得这般模样。紫薇的丈夫得的是肝癌，而且已属晚期。病人的脾气原本就不好，得了病就更加暴躁，在病房里也经常叱骂她，几次招来了医务人员的阻止。更令人气愤的是，有一次我去看他的时候，正巧病员在吃午饭，他硬是要把他吃剩的碗里的饭菜叫紫薇吃掉，而紫薇也居然含泪咽下。那男人一边还唠唠叨叨说些不三不四的话，说紫薇咒他死，死了好嫁人等等。我待了不到三分钟就走掉了，而且从此也不愿再去。

紫薇和她丈夫不久就回苏北去了，临走前我大姐整理了一些不穿的衣服给她带去，还给了些钱，她含泪收下了。我们叫她回去后就来信，可紫薇一直未再来信。我曾经给她去过一封信，也不知道是没有收到还是故意不回信，就如石沉大海，杳无音信，而且从此后我们再度失去了联系，直至今日。

每当夜阑人静之时，我喜欢回忆往事。记得有一次我俩一起扮扛头，我扮赵云，她扮孙尚香，大家都称赞扮孙尚香的小姑娘长得俊，扮赵子龙的胖小子丑得就像袁世凯，把我气得把抱在手里的阿斗（洋娃娃）就往轿子外一丢。小紫薇像个大人似的反过来哄我，又把洋娃娃拾起来由她来抱，一路上又逗我说话，我也就忘了人家说我像袁世凯的事了。

又是十多年过去了，紫薇该是个老太婆了，我想象不出她现在的模样，但三十多年前她在红氍毹上扮演古代妇女绰约丰姿的美丽形象似乎又映现在眼前，耳畔似乎又响起她在《锁麟囊》中扮演的薛湘灵那深沉哀婉的唱段："一霎时，把七情俱已味尽，参透了酸心处泪洒衣襟。我只道铁富贵一生注定，又谁知人生数顷刻分明。想当年我也曾撒娇使性，到今朝哪怕我不信前生，这也是老天爷一番教训。他叫我收余恨，免娇嗔，且自新，休恋逝水，苦海回身，早悟兰因。"

紫薇花开得正是茂盛的时候，但不久它就会凋零枯萎，就会零落成泥碾作尘。

我翻了一下《辞海》，在紫薇栏目下这样写着："紫薇，亦称百日红，千屈菜科。落叶小乔木，树干光滑，叶呈椭圆形，全缘。夏季开花，顶生圆锥花序，花瓣六片，淡红色，紫色，或白色，皱缩，边缘有不规则缺刻，基部具长爪，美丽。"

原来如此！

遥远的故乡

最近传来消息，原属我家的百年老宅当地政府正在进行修缮。虽非再属我家所有，不过老宅毕竟是我出生的地方，童年时代亦生活于此，好多当年在老宅的人和事，还一直铭记在心，经常会在脑海中泛起阵阵涟漪。这老宅实际上是在原来的祖宅上扩建起来的，原来的老宅不知是哪一代老祖宗留下来的，到我祖父手里后，就进行了改建。我祖父当年年少气盛，有心把宅子建成当地独一份，家族中最大的宅院，所以在原有的基础上用了三十多亩地建成了新的宅院。没想到东边一块地是表亲家的，而这表亲与我们上代祖上有宿怨，就偏偏不肯把东边那地转让，于是这大宅院就缺了东边一只角。当地人嘲笑说："蒋保爷（当地人对我祖父的称呼）白白有钱，造屋缺只角，只能造成缺角楼。"于是"蒋家缺角楼"这名字就成了这座老宅子的名称。前年我们姐弟听说这老宅居然还有一些残存，就去看了一下，当年住在里面的人家已全部迁出，外面围了起来，围墙上钉了块木牌，上面写了原来户主的姓名及建成年代，房屋的名称赫然写着“蒋家缺角楼”。当年这座大院包括主宅、花园、碾米厂（这碾米厂就是笔者在《楚楚》一文中提及的那个米厂）三个部分。其中，主宅最大，从河边的墙门到内宅共有三道大门，每道门之间相距甚远。内宅主楼是三层楼的建筑，两侧是两排厢房。花园也很大，里面也有几间平房。碾米厂只在秋冬两季轧米，春夏两季就把机器拆到洋龙船上打水灌溉庄稼。这座宅院的三楼和两侧的厢房曾住过国民党青年军一个连，解放后办过农中、农场、乡政府、医院，最后住进去二十多户人家。当年住在这主楼里的除了主人外还有一些常住在我家的亲戚和丫头、阿妈，以及看家护院的，总共应该有五十来人吧。加上进进出出的人，这大宅院里可是人来人往，热闹得很呢。这么多人，必然会有很多事发生，只因当年我尚年幼，对好多人和事都没留下印象。不过，有一个人留给我的印象很深，即使到了我现在这个年纪还记忆犹新，然而当年我可是完全不知他的底细，等到知道他的来历时我已长大成人了。

说起来这人也不是我们家里的人，却上上下下都当他老长辈，都叫他公公，按我家对长辈的称呼往往得在称呼上面或是加上在家族中的排行或是加上名字中最后一个字（中间的字同一辈的人是一样的，所以只能加上最后一个字以示区别），所以他肯定不是我们家族里的人，可是从我祖父开始家中所有的人对他似乎都很尊敬。从我记事起他就在我们家了，据说他是在我出生以前就来我家的。说来也怪，他一个人住在我家花园里的那几间平房内，平日三餐有下人专门送到花园里去，只有逢到重大节日才由我祖父、父亲、叔父一起陪他喝酒吃饭。平日他一般不离开花园，也不同人来往，但却很喜欢我们小孩子。我记忆中他的形象是一个比我祖父年纪略大的

半老头，长条身材，脸色很红润，高颧骨，大眼睛，长眉毛，鼻直口方，下巴上有一绺花白胡须；眼睛时常眯缝着，一旦睁开来，目光炯炯，很威严。那时候我常去他住的屋子里玩。他的屋内有一个木架，上面插满了刀枪剑戟，墙上还挂了一张弹弓，地上有一副石担和几把石锁，那些家伙都很沉重，我几次试图举起来，可别想移动半分，他见我想学，就笑着对我说，待我长大后再教我。有一次他高兴，刚巧看见花园里一棵高树上歇着一只叫不上名来的小鸟，只见他手里一粒铁弹甩出去，那鸟儿一下就跌到了地上。我和我们本家年岁相仿的小伙伴们都很喜欢去他那儿，他时常会讲些剑侠和绿林好汉的故事给我们听，印象比较深的有金镖黄三太、黄天霸、窦尔敦、甘风池、马永贞等。特别是窦尔敦，因为当年我家请的戏班子来演的戏中就有以他为主角的京戏《连环套》，戏台上那个蓝脸红胡子的响马窦尔敦很令我崇拜，以至多年后我甚至学会了《盗御马》中窦尔敦那段西皮唱腔："将酒宴摆置在聚义厅上，我与同众贤弟叙一叙衷肠。窦尔敦在绿林谁不尊仰，河间府为寨主除暴安良。黄三太老匹夫自夸志量，指金镖借银两压豪强。因此上我两家比武较量，不胜俺护手钩暗把人伤。他那里用甩头打某的左膀，也是某心大意未曾提防。大丈夫仇不报枉在世上，岂不被天下人耻笑一场，饮罢了杯中酒换衣前往，这封书就是他要命阎王，众贤弟且免送在这山岗瞭望！闯龙潭入虎穴某去走一场。"有一次几个爱好京剧的朋友聚会要我唱一段，唱了后承蒙大家谬奖，说我唱得有板有眼，着实让我很高兴了一阵。

他讲的大刀王五的故事也令我很难忘怀，而且他对大刀王五好像有特别深的感情。这其中还有些渊源，那是很多年后随着他身世的揭晓才知道的。王五正式名字王正谊，字子斌，因使一把大刀，武艺高强，又行侠仗义，江湖上尊称他为大刀王五。王五之所以为人尊崇还缘于他与戊戌变法六君子中的谭嗣同的亦师亦友的关系，谭在狱中所写绝命诗中“我自横刀向天笑，去留肝胆两昆仑”中的两昆仑，其中之一就是指大刀王五的。据说谭被清政府判杀头后，王五本想去劫狱，因谭决意赴死而作罢，但后来王五冒死为谭收尸，在江湖上传为美谈，可惜一代武术宗师最后死于八国联军之手，让人嘘唏不已。公公当年讲的故事中还有飞贼的故事，其中最富传奇性的是燕子李三。他是个侠盗，专偷有钱人家和达官贵人，偷了后还要留个记号：一个纸折的燕子，意思案是我李三做的，好汉做事好汉当。

他讲的故事中还有保镖的故事。晚清至民国初年，当时社会混乱，商贾在旅途不安全，于是就雇用镖行的人沿途护送。当时北京有八家著名镖局，其中最负盛名的是会友镖局，前面提到的大刀王五在北京也开了一家源盛镖局。公公大概以前是镖师，所以他讲的保镖的故事极是生动有趣，至今还记得，什么走镖的镖师是英雄，白龙马、梨花枪，走遍天下是家乡。镖行在保镖的路上难免会遇到绿林好汉劫镖，镖行把凭借镖师的武艺高强制服沿途各路盗匪称作硬镖；把通过联络江湖情义兼以财礼相贿来免除行程中被劫的称作软镖，实际上是向绿林中人付钱买路。走镖时镖车上得插上自家镖局的镖旗，还得喊镖号，也叫喊趟子，镖号就是“合吾”二字，如在住店或过桥时，要喊得抑扬迂回拖得很长，叫作“凤凰三点头”。路上遇见绿林人物，他准你过去后，也喊“合吾”，有几个强人，就喊几个“合吾”。保镖的光会武还不行，还得掌握行话，叫作春典。在路上遇到强人后，就说：“朋友闪开，顺线而行，不可相拦。山后有山，山里有野兽，去了皮净肉。是朋友的听真，富贵荣华高台

亮，各走念。”若他不走，就说：“朋友听真，我乃线上朋友，你是绿林兄弟，你在树林里，我在树林外，都是一家。”他若说不是一家，就说“五百年前俱是不分，是朋友吃肉，别吃骨头，吃着骨头别后悔。”此时若还不走，就喊：“众家兄弟一齐打狗，哈武。”弟兄们听见了，就回答：“哈武，轮子盘头边托，器械着手一齐打虎。”把他们赶跑打散，并喊“哈武，轮子条顺了，顺线一溜着手，哈武我”，于是继续押着镖车前进。镖局的人与绿林中人一般相处都很不错，双方相见，带头的镖师就要满脸笑容，抱拳拱手，先向绿林中人行礼，招呼一声“当家的辛苦”，绿林中人也回答“掌班的辛苦”。若是初次见面，绿林中人必问“你是哪家的”，镖师就回答某地某镖局，镖头某人，本人姓名，然后就拿春典对谈，往往能避免一场争斗。但不能向绿林中人打听名姓，即使偶有绿林中人通报姓名，也只是江湖上称他的诨名而已。这剑侠故事听得多了，对剑侠的崇拜就一直隐藏在我心中，稍稍长大后，就找了许多剑侠书看，印象中有平江不肖生写的《江湖奇侠传》《江湖大侠传》《江湖小侠传》《烟花女侠》；还珠楼主的《蜀山剑侠传》《青城十九侠》《柳湖侠隐》《天山飞侠》《边塞英雄谱》《云海争奇记》；姜云樵著的《武侠奇人传》；不知哪位作者写的《女盗红梅娘》；还有姚民哀著的《山东响马传》《江湖豪侠传》《南北十大奇侠》特别值得一提的是，姚民哀此人还是我们常熟老乡，他不仅才华横溢，同时还是个评弹艺人，书坛艺名是朱兰庵。可惜他晚节不保，1937 年居然鬼使神差担任常熟抗敌后援会常委，竟给伪常熟绥靖司令部徐凤藻当了秘书。1938 年被国民党游击司令熊剑东部擒获处决，终年才 45 岁。小时候听的剑侠故事多，稍稍长大后又看了许多剑侠书，不想就此走火入魔，居然在小学五年级那年与姓林和姓陈的两位同学学着书上侠客的行径在常熟虞山的城门洞里结拜兄弟，并且于一天出走上峨眉山学武去，当然还没到苏州就被逮了回来。写到这儿又扯远了，还是回到在老宅子里的童年时代吧。

这公公没名没姓的，除了我祖父、父亲和叔父外都不知其来历，但下人们中流传着有一次我家遭强盗抢时他大显身手的事。那还是在我出生前多年，据说那年有一伙太湖强盗来我家打劫，他们从花园里用爬山虎越过高高的围墙上了屋顶。公公发现有盗贼，也不声张，跟着跃上屋顶，顺手甩出飞镖打死了两个，其余的人一看不好就逃走了，第二天警方来处理，我祖父花了不少钱，又运用当地的关系好容易才摆平。事后，他失踪了很久，隔了半年才回来。他在我家的时候，行踪不定，常常会突然失踪，谁也不知道他去哪儿了，估计我祖父知道，因为他离开的时候我祖父从没有叫人去寻找过。

公公离开我家是在我们迁往城里以后，两年后常熟就解放了。有天晚上，他突然来看我祖父，原来他是来劝我祖父和父亲离开大陆去台湾，我祖父和父亲觉得一大家子人怎么能说走就走，并且觉得在乡下没有民愤，所以谢了他的好意，此后就再无他的消息了。然而我祖父对形势的估计实在有些不足，过不多久，我祖父就被逮捕了，除了剥削农民外，最主要的还是窝藏土匪，杀害新四军游击队的罪名，所以被判了死刑缓期二年执行，乡下的田产、碾米厂、店铺及城里的几处房产全部被没收。后来，幸好查清当年被公公打死的两个太湖强盗实际上是冒牌的新四军游击队才被改判十五年徒刑。

这公公究竟是何许人，我的上代人一直讳莫如深，直至多年以后。那是1962年的冬天，我祖父被保外就医，有天深夜，突然有人来看我祖父，那人与我祖父关起房门悄悄地说着话，大约在我们家

耽了有个把钟头的样子才走，走前留下了许多食品。在那饥荒年代，那可真是雪中送炭，后来知道那人还给我祖父3000元港币，当年那可是很大的一笔钱。也是因了这个陌生人的到来，才让藏在我心中将近二十年的那位不知名姓公公的生平以及与我家的渊源得以解密。那个深夜来人就是那位在我家一住十来年的神秘公公的儿子，他是奉他父亲之命来看我祖父的。这位不是我家长辈的长辈身世确实有些传奇色彩。原来他的父亲以前就在大刀王五的源盛镖局当镖头，有一身好武艺。他自幼跟着父亲习武，除了使刀枪外，还有一身轻功，能蹿房越脊，更有飞镖绝技。大刀王五被八国联军枪杀后，源盛镖局关张，他父亲又投到会友镖局当镖师，他从十四五岁开始就跟着他父亲保镖。且说我祖父从小不爱读书，曾祖父请了几个塾师想教他好好读书，不想我祖父天生不是读书的料，成天与家里那些看家护院的混在一起，也学会了些花拳绣腿。我曾祖父看他这样不成器，只因为是独子，就让他学做买卖，不承想他读书不行，经商头脑还不错，家中的几家店铺被他经营得有声有色。后来他又想出来把江南的丝绸贩到北方去，于是通过我曾祖父在北京的朋友，在京里开了两爿绸缎庄，雇了老家可靠的人在那儿经营，每到年底，就由我祖父前去把一年中挣的银两取回。因路途遥远，路上不太平，所以请了保镖，刚巧就是公公他父子俩保镖。有一年，因他父亲年事已高，不再为人保镖，在家颐养天年，所以那趟就由他一个人带了些镖师一路送我祖父回来。那天到了山东与河北交界处，因忙着赶路误了宿店，在走过一个山头时被一批绿林好汉连人带镖车掳到了山上。在交战中，那强盗头子看他武艺高强，竟然要他留下来落草。他当然不愿意，强盗头子提出了两条路：一是把他们所有人全杀了；一是他一人留下入伙，所保的银两与其他人一律放回。他与我祖父商量了一下，决定他一人先留下，以后再作打算，我祖父感激他的义气，当场表示与他义结金兰。他年纪比我祖父大为兄，我祖父还提出把他父亲接到自己家养着，他说这倒不必，他父亲身体还硬朗，手中亦有些积蓄，当前还不需人照料。第二天两人洒泪而别，那强盗头子倒也蛮讲绿林信用，还派人护送我祖父一行到了安全地带。经了这一次的惊吓，我祖父把京城里的店关了，就在家乡大兴土木，并建了一个占地十来亩的花园。除镇上的店铺外又在墙门处开了木行，在花园旁边的空地上建了个碾米厂；又迎娶了我祖母，我祖母与祖父是姑表亲。祖母是独囡，嫁妆光良田就有一千亩，我祖父不但成了当地首富，在家族中也居第一，这也招致了后来太湖强盗来抢。大约隔了两年，那曾被绿林强盗扣押下来的我祖父的结义兄长突然来到我家，这真让我祖父喜出望外，马上要大摆酒宴，但他却悄悄地与我祖父说不要张扬，并让我祖父找一处隐秘之处安顿他，于是他一直住在我家花园里。他告诉我祖父，山上一别后，他方才得知强盗头不杀他的原因，原来这强盗头本来也是镖师出身，后来被人谋害，不得已才落草。他有个女儿十八岁了，劫镖时见他武艺高强，又一表人才，暗地里与他父亲说了，才有了把他扣下来这出戏。他看看一时也难脱身，再看看这女孩儿长得也不错，自家本来也没成家，所以就答应了婚事，小夫妻俩倒也十分恩爱。可他觉得做强盗总不是个事，小夫妻商量的结果还是要离开山寨，于是禀明了她父亲。她父亲倒也觉得一个女孩儿家老在绿林里混也不是个事，所以给了他俩十来斤黄金和一些珠宝，叫他们隐姓埋名，以免仇家与官府得知。经了再三考虑，他就投奔把弟来了。他把妻子留在了南京的一个远房亲戚家，后来通过这亲戚做生意。他每年总有几次离开我家就是到他妻子这儿，不久他妻子生了一个儿子。就在他们离开岳父不久，山寨就被官府围剿，他岳父也在混战中被杀死。十多年来他们总是小心翼翼，不显山不露水，临近中华人民共和国成立了，他恐怕政府早晚要与他算账，所以在我家搬离乡下后他就带了妻子小孩辗转去了香港，临走之前还不忘叫上把弟一起走。听了这段历史，总算把这位神秘公公的面貌揭开了。不知怎么的，我突然想起《江湖奇侠传》里“第九回失镖银因祸享声名，赘盗窟图逃遇罗汉；第十回木枪头亲娘饯别，铁杖媛姆无情”两回书的情节与这位公公的遭遇有点相像，后来看到清代笔记小说《谐铎》中有一篇“恶饯”与《江湖奇侠传》第九回、第十回内容完全相同，只不过把文言改成了白话而已。京剧中有出戏就是按这个情节编的，我曾看过，可惜把戏名忘了，手头又无大戏考，只好作罢。

老宅里的人要算这位公公最富神秘和传奇的色彩，所以留下的印象亦甚深。虽然他被迫当过强盗，但在我心目中，他还是一个讲义气的英雄好汉。我一直记得当年他给我讲过的那些侠客和绿林豪杰的故事。这么些年过去了，他与我祖父早已离开人世，但他的那些故事与他本人的传奇经历还一直记在我脑海里。

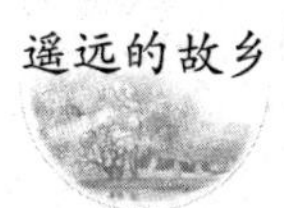

我的父亲

小时候，读了不少名人的子女为他们的父亲写的传记，在这些名人后代的眼中，他们的父亲都很伟大，有的人格高尚，学富五车，有的从小参加革命，叱咤风云，建过丰功伟绩。总之他们伟大的父亲都是人中俊秀、英雄豪杰，令我好生羡慕，居然有这么一个好父亲；却又感到非常不幸，怎么上天没给我安排一个令我值得骄傲能向人夸耀的好父亲。说老实话，那些伟人的子女写的他们父亲的传记或是回忆文章早就被我忘得干干净净，倒是朱自清写的《背影》中一个极其普通父亲的背影还深深地印在脑海："……我看见他戴着黑布小帽，穿着黑布大马褂，深青布棉袍，蹒跚地走到铁道边慢慢探身下去，尚不大难。可是他穿过铁道，要爬上那边月台，就不容易了。他用两手攀着上面，两脚再向上缩；他肥胖的身子向左微倾，显出努力的样子。这时我看见他的背影，我的泪很快地流下来了……"

说了些别人家的父亲，下面还是来说说我的父亲吧。我的父亲出生在一个大户人家，而且是长子，所以祖父对他寄托着光宗耀祖的希望，十二岁时就把他送到上海读书。不想这位小少爷读书不行，花钱却像流水。上海的亲戚怕担干系，赶紧向我祖父建议，还是回乡下去就读吧，于是仅仅在上海待了一年，祖父赶紧把他弄到乡下，就在家乡的师范学校里读书。我父亲虽然是大少爷，倒是一点也没有少爷架子，出手又大方，所以深得家中上上下下的好感。不过，祖父对他却很不满意，怕他是个败家子。虽然到了成年，老爷子还一直紧抓着大权不放。我父亲倒也乐得逍遥自在，过着饭来张口衣来伸手的日子。因在家中无聊，就去家乡的小学里教了几天书，家中也不靠他这薪金，没多久就不去了，成天在家打打牌，和祖父的一些帮闲及家族中差不多大小的爷们每天高乐不了。父亲与我母亲结婚后，虽然祖父把他的一份家产给了他，但他还是对家事不管不问，有什么事问他，他总说去问“大少奶奶”（即我母亲）吧。这样几次下来，下人有什么事就再不来请示他了，家族中一些穷亲戚有时来借钱，私下里都相互关照，说不要去向“大少”开口，要借还得直接去求“大少奶奶”。幸亏我母亲很能干，所以我父亲他老人家这辈子就从没当过一天家。有一年，县上来人要叫我父亲出任镇长，我母亲得知后与来人大吵一场，说像他那样的人自己也管不好，还能管镇上的事？由于我母亲的坚决反对，这镇长的位置就由我一位堂叔父干了。父亲平日言语不多，对人从不疾言厉色，即使对家中的下人也从不呵斥。再加他也不管事，大事由祖父定，一般的家务事由我母亲掌管，所以后来他倒没有遭到清算斗争。说起我父亲的笑话事也不少，有一次他被外地来的一股土匪绑票到了苏州，那些匪徒心想这位家财万贯的大少爷身边总该有些钱吧，不想掏遍他的口袋连一个铜板都没拿到，那几个看守他的土匪发火说："你枉为堂堂一个大少爷，身上竟然一个小钱都没有。"我父亲赶忙说，"别急别急，等我家账房先生来，你们几位我另外给你们一些好处。"后来经我们当地一位我祖父亦官亦匪的朋友出面把我父亲弄了出来，我父亲请那几个看押他的土匪送他回来，好酒好肉招待外，每人送了五十个银圆。后来，就是这几个土匪把看押我父亲时的情况说出来的，家中上上下下传为笑谈。也因此我父亲得了个诨名——"窝大少"，意思是很窝囊的大少爷，我父亲得知底下人背地里这样说他也不生气。

解放后，我家的财产都分给了农民，像我父亲这种养尊处优惯了的人一下就失去了生计，靠变卖一些金银度日，这样坐吃山空，家中经济的拮据也可想而知。我们姐妹弟兄五人都在上学，除了吃穿外，上学的学费也是一笔不小的开支；再加背了个地主家庭出身的包袱，在学校很受老师和同学们的歧视，于是我心中暗暗埋怨父亲。多年以后，当我结婚生子也为人父后，对父亲倒有了些许同情和理解，想想父亲生在那个时代也是不得已的事，要怨也得怨祖父怎么挣下了那么大的家业，害了他自己，也害了他儿孙。父亲在我将近高中毕业时遭遇了一场灾祸，从此就离开了我们。而且他平日也很少管我们，所以平日我与父亲也很少交流。对父亲印象中最深的是在我上初二的时候，有一次上物理课，老师讲起同学们可以自己动手装一台矿石收音机。现在六十岁以下的人可能连听都没听说过什么矿石收音机，不过当年在我心目中那可是不能企及的宝贝呢。这矿石收音机最贵的零件就是一副听筒，得五万元（旧币），那可是一个学期的学费了，因此当时连想也不敢想。有一天一位家境甚好的同学来我家玩，说话中向我炫耀他已有了一台矿石收音机，说得

我非常羡慕，不过羡慕归羡慕，因知道家中的经济窘况，所以也很识相，从未向父母要求买一副听筒。事情过了半个多月，有天放学后，父亲很难得的脸上布满了笑容，像变戏法似的从一个盒子内拿出一副听筒，那就是我梦寐以求的宝贝。随后父亲又帮我凑齐了其他一些零件，并与我一起装好了一台矿石收音机，又去废品收购站买了些旧电线做天线，帮我架在阳台上。当我第一次听到从听筒里传来的声音时，那高兴劲儿就别说了。高兴之余，也没问他哪来的钱，后来二姐告诉我为了买这听筒，父亲还被母亲骂了一场，原来这钱是父亲把他很喜欢的一直舍不得卖掉的一块白玉扇坠转让给了他一位朋友，才算遂了我的心愿。父亲离开我已多年，而今我也已步入了老年，但父亲那天脸上的笑容以及与我一起调试那个宝贝收音机时的情景还历历在目，想起来不禁潸然泪下。

农村纪事

夜深人静时，农村生活的场景又好像电影中的画面一幕一幕呈现在我的脑海，那些淳朴的人们，那消逝了的岁月又变得栩栩如生起来。

阿 雪

阿雪是个人名，还是一个老资格的保健员（赤脚医生的前身）。虽然他受的教育不能与我相比，因为他只念过两年私塾，但他是我步入人生后的第一位启蒙老师。阿雪年纪不过比我大四岁，可他却已经有了两个女儿，一个儿子，因为他是招女婿，所以他的岳母和太岳母在有了两个孙女后，还要再生一个孙子。总算如人所愿，阿雪的老婆第三胎生了个宝贝儿子。阿雪岳母家两代寡妇，都是单传一个女儿，所以阿雪虽说是招女婿，但岳母、太岳母对他还是非常疼爱的，再加上他又识几个字，又当了大队保健员，乡下农民“戈医生、戈医生”叫得应天响，所以不像别的招女婿人家，是“青壳蛋白壳大，逆赊女婿家婆大”。基本上家中大小事情都是他“做主”，当然还得请示太岳母。第二个女儿还跟着他姓戈，阿雪也以此为荣。避开了家里两位长辈和老婆，阿雪在我们外人面前从不承认自己是倒插门女婿。后来我知道了他的底细，故意戳穿他的把戏，他也不

生气，只是咕哝道："逆赊女婿我怎么有个女儿姓戈？"阿雪的老婆比他小两岁，以前在苏州纱厂做挡车工，因为家中替她招了个女婿，才回到农村，所以后来每当她做农活做得苦时，就要埋怨起阿雪来，不过埋怨归埋怨，她对老公可以算是服侍到家了。我第一次看见阿雪的老婆就觉得她蛮好看的，虽说已是三个孩子的母亲，但看上去挺年轻的，丹凤眼，一笑两个酒窝，见了人挺腼腆。阿雪的岳母才四十多岁，人挺老实，成天不声不响地下田干农活。阿雪的太岳母已六十多岁了，高高瘦瘦的，不知怎么我第一眼见了她就想起鲁迅《故乡》里的豆腐西施杨二嫂。她是那种农村常见的女当家人，三十多年后的今天，当我回想起这个人时，不免为她感到冤屈，假若她能生在今天这个年代，那一定是个女强人、女企业家了。老太太除了在家料理家务，还要照料三个小孩子，幸亏老太太手脚撇脱，所以家里安排得井井有条。我到阿雪大队里做防病工作时，就住在他家。阿雪一家人都对我很热情，特别是老太太，把我当作嫡亲孙子一样。当时农村里很穷，粮食不够吃，阿雪家吃的饭当中拌了一大半大头菜，老太太说我是城里人，在把面上的大头菜与米饭拌和前先给我盛上一大碗，又给我蒸上一个水炖蛋。吃饭时三个孩子一眼不眨地瞪着我，让我实在咽不下，经我再三抗议，才对我一视同仁，但老太太还要给我碗里夹上几块咸鱼。阿雪家别的没有，鱼倒是经常有，因为阿雪还是个捕鱼好手。老太太因为我喜欢吃咸鱼，所以特地咸了一些晒干，每次去她家都要给我蒸上一碗。

阿雪个子不高，五官很端正，在农村男人中，人品也算得上是上等的了。阿雪吹嘘给我听，当初他老婆是怎么怎么追他，他父亲一度不想让他做上门女婿，婚事几乎不成功，那段时间，他老婆眼睛都哭肿了，他看着心也软了，所以不顾老子的反对就上门做了女

婿。有一次我故意当着他老婆的面问他有没有这段故事，他红着脸一边望着老婆的面孔，一边嗫嚅着："与你说着玩的，不要当真。"实际上阿雪家很穷的，家中一间破草屋，就他老子光棍一条，后来阿雪死后他干不了农活，还是靠儿媳接济。因为阿雪人长得颇中看，所以，很受农村一些大姑娘、小媳妇的青睐，有事没事阿雪、阿雪叫得挺亲热。阿雪的老婆有时也不免吃吃醋。阿雪这人嘴上虽然讨些便宜，但人还是挺正派的，就我所知，没有什么花七绰八的事。

阿雪当我的启蒙老师倒是货真价实的。刚从城市医院里出来的我，不会与农民交流，再加上年轻，所以大家不相信我。虽然明知我是城里来的正牌医生，但还是不要我看病，看病打针尽找戈医生，很伤我的自尊心。阿雪对我说你这种洋学生派头乡下人是不受的，他叫我向他学。有一次一个大嫂带着儿子来看病，那小孩子是阵发性腹痛，要是我就会简单地说一声蛔虫绞痛就算了，可阿雪在给小孩揉搓了一会小肚皮后，对他娘道："囡囡肚皮里生了蛔虫，大小蛔虫总共七条，七条蛔虫在肚皮里抢食吃，拱来拱去，所以会肚皮痛，只要吃了我的药，把七条蛔虫打下来，也就好了。"事后我对他说："你本事倒蛮大，比X光还好使，肚肠里几条蛔虫也看得出。"他笑着道："农村里的人没有文化，你得跟他们通俗一点，否则不容易得到他们的信任。"这印象对我很深，30多年来一直未能忘怀。

阿雪对人一视同仁，所以在大队里口碑甚好。他从1958年"大跃进"开始就是大队保健员，可以说是保健员中的元老了。虽说没有接受过正规医学教育，但靠着自己的努力，看病还八九不离十。他还跟驻队的一个老中医学过中医，所以会开几帖君臣使佐不怎么协调的中药方子。他也颇以自己能开中药自豪，常在我面前炫耀。农村里年纪大些的人多喜欢吃中药，在他的影响下，我也捡起学校

里读过的中医，背熟了几首汤头歌诀。后来有人来找我看病，除了西医外，我也对付上了这么几帖，自以为也算是中西结合了。我在的那个乡是水网地区，阿雪所在的大队更是河汊纵横，有时隔岸两个人讲话，但要到对岸，却要兜上半个来小时。当时农村的道路都是羊肠小道，又没有自行车，所以阿雪出诊有时候就泅水过去，也因为如此，他才落下了气管炎的毛病，后来也因为这个病使他在 36 岁上就过早地告别了人世。

早春絮语

君自故乡来，应知故乡事。来日绮窗前，寒梅著花未。

去年的冬天是暖冬，入春以后没有那种春寒料峭的感觉，岸边的杨柳却早早地抽了芽，那柔嫩的枝儿在春风中不停地摇曳。春天让人充满了希望，春天又是那么脉脉含情，容易让人忆起那逝去的岁月。我从走出校门，在农村一待就是二十多年，那时的生活和工作环境当然不能与现在相比，但当年淳朴的民风乡情却永远深深地印在我的脑海里。

小二

他姓杨，没有大号，村上人都叫他小二，所以小二就是他的名字。此人其貌不扬，因年幼时得过血吸虫病，所以长得很矮小。小二父母老早就过世了，家中只有三椽茅屋，日子过得甚是拮据，二十好几的人了，还没有娶亲，说实话，也实在没有人家肯把女儿嫁给他。这小二与我倒蛮讲得来，他住在我们房东家隔壁，没事就来医疗点坐坐，人又勤快，来了就帮房东老太扫扫院子，干些杂活。小二人虽矮小，中气可挺足，吹得一手好唢呐。三老太一听他吹唢呐就要骂："又在咪哩吗啦出棺材了。"不过三老太越是骂，小二越是吹得起劲。有一次他叫我吹吹试试看，我憋足了劲，却吹不出一点声音，从此也就打消了学吹唢呐的念头。

有时晚上出诊，房东老太把他叫上陪我去。小二随身带了一把鱼叉，一路上戳了不少田鸡，第二天请房东老太烧好大啖一顿，为此小二也没少挨三老太的骂，骂他"作孽"。后来，经三老太与房东老太撮合，小二与邻村一个富农家庭出身的女儿结了婚。这家的女儿一则是家庭成分"高"，二则人也长得难看，还是豁嘴，所以才"下嫁"给小二，房东老太的女儿开玩笑说他们是"拾蒲鞋配对"。小二结婚时我也去吃喜酒，那年月破四旧破得热火朝天，结婚不许办酒，只能偷偷地办几桌，我记得除了送些钱外，还送了他一套"毛选"，虽然明知他识不了几个字。

当时，为贯彻"把医疗卫生工作的重点放到农村去"的指示，大城市的医院组织了医疗队下乡，我们医院也来了南京工人医院的医疗队。医疗队内外妇儿各科都有，很受农民欢迎。医疗队队长还是整形外科主任，我就请这位主任给小二的妻子把豁嘴补好了，使她形象大为改观，所以夫妻俩都非常感激。小二患有十二指肠溃疡病，是我给他动的手术。手术前给他检查，发现他还是"右位心"，整个身体"零部件"的位置都反了，害得我手术时增加了不少难度。手术后我对他说"难得碰到你这样长得怪的人"，小二听了还颇为得意。小二开刀前后，村上人个个都来探望。这也是农村的习俗，不

管谁家有什么事，全村的男女老少都要尽力相助，这与我们今天某些城里人同住一幢楼，对面相逢不相识就大不相同了。20世纪80年代初，小二也顺应改革开放的潮流，组建了一个建筑队。他自小学过泥水匠，所以建筑队搞得挺兴旺，口袋里钱多了，也居然西装革履、鸟枪换炮。家中是不用说，早盖了楼房，装饰得富丽堂皇。总算他还念旧，每年还要来望望我，还常拍着胸脯对我说，有啥难处只管找他。有一次说着、拍着，小二夹在耳朵上的香烟也掉了下来，让我笑了好一阵子。

三老太

三老太是队里的五保户，也是宅基上年纪最大的，她没有子女，只有个侄孙女阿巧。老太的脸上布满了皱纹，就像兴福寺里那棵老松树的皮。她的背也有些驼了，看着她走路的样子，实在为她感到吃力。那年月大家生活都比较困难，但队里对她还是挺照顾。分给她的柴草粮食还有些多余，队里就给她卖掉换些零花钱，谁家做些好吃的也不忘给她送去一碗。我到她们队里的第二天，老太就到房东家来闲唠，从她做小姑娘时讲到“大跃进”吃食堂。我出于礼貌，只好装出很感兴趣的样子，边听边点头，所以老太越说越起劲。后来还是房东老太说“不要再把那些陈芝麻烂谷子的事嚼舌根了”，才算把她那滔滔不绝的话匣子打住，我也总算从她的唠叨中解放出来。

老太话虽多些，但为人很热情，队里有的人家家中没有老人，夫妻俩出工去了，就把小孩子送到三老太那里。三老太不但费心看好，还常把自己省下来的零食给小孩子吃。三老太还喜欢给人家做媒，虽然成功率很低，但她还是乐此不疲。承她的情，她也曾为我

操过心，当然没有成功。三老太很喜欢打听外面的世界，说来也真可怜，她从未离开过家门，没有乘过汽车、轮船；更不用说火车，连见也没见过。每年难得去镇上一两次，对她来说可是件大事，穿上她最好的衣服，头上还插了朵花，她侄孙女笑她老来俏，比大姑娘上轿还费事。至于常熟城里是怎么个样，她更是连个影踪也没有。我心里实在为她感到遗憾，可三老太倒很知足。我曾经对阿巧说，什么时候陪老太跟我去常熟玩一次，阿巧倒答应了，可此后一直未能成行。后来我调回镇上，这件事也就不了了之。但老太难得来镇上，总不忘给我带些鸡蛋什么的。

三老太曾经结过婚，丈夫姓张，婚后不久被抓伕抓了去，从此杳无音信。她娘家姓钱，所以户口本上她的名字是张钱氏，但大家似乎忘了她这个名字，老老少少都叫她三老太。

摆渡船

春潮带雨晚来急，野渡无人舟自横。

假如没有身临其境，就不能想象没有人划船怎么能摆渡。三十多年前，我来到这个水乡印象最深的是那走上去晃晃悠悠，荡人心魄的毛竹桥，其次就是这摆渡船。用摆渡船的河道都比较开阔，很难架上小竹桥。那船方方正正的，没有船头，也没有船尾，底也是平的，大约就是两米来长吧。船的两头分别系着一根用稻草编的很粗很粗的绳索，绳索固定在两岸木桩上。船上没有专职的摆渡人，所以这船就顺着河水的流淌在河里荡漾。要摆渡时就在岸边把绳索牵过来，等船靠岸后就跨到船上，再到船的另一头把绳索一把一把拉过来，船就会慢慢地向对岸驶去。当地农家男女老少，就连七八岁的小孩子也会自己摆渡，而且上船的姿势颇为潇洒。我刚下乡时碰到这种摆渡船就不由得心头怦怦直跳，只好请过路的农民帮忙，他们也总是很乐意的把我送到对岸，再自己摆回来。几次摆渡后，

我也在老乡的帮助下逐渐掌握了摆渡的技巧，虽然上下船时的形象不太雅观。进入 20 世纪 80 年代后，河上都架起了桥，这摆渡船也就退出了历史舞台，但在摆渡船上手拉绳索，听着水浪激撞船帮的声音，船到对岸时纵身一跳的感觉，还有那些帮我摆过渡的人们，至今一直未能忘怀。

渠　道

来到乡下，除了大河、小河外，那排列有序、笔直的渠道也是水乡的一道景观。我所在的乡是个低洼的水乡泽国，解放前大雨大灾，小雨小灾，无雨旱灾，再加血吸虫病流行，所以我刚去那儿工作时，听到一些“瓦屑泾”“棺材泾”等令人不寒而栗的地名时，不由得感慨。50年代末期，兴建了电力排灌站，开挖了渠道，基本上解除了旱涝的危害，这渠道确实是功不可没的。那渠道大的就像小河，小的就像小水沟，纵横交错。当天气干旱，田里要水的时候，电站就开动电机，把河里的水通过大大小小的渠道送到农田里。渠道的两岸很宽，于是自然就形成了大路。每个大队都有一条很大很长的主渠道，所以我到乡下出诊都是沿着渠道走，一则路比较平坦，二则也不会迷路。在渠道边上走，沐浴着阳光，扑面吹来带有青草香的田野的风，看着渠道里清清的水汩汩地向前流淌，可以减轻不少长途跋涉的疲劳。在乡下久了，也知道渠道边上的洞里有蟹，而且在大队保健员阿雪的带教下，也知道哪样的蟹洞里主人还未远行，只要用两个手指往洞里一掏就掏出了一只蟹。

有天晚上，月朗星稀，我出诊回来，看见渠道底里一团黑黑的东西在蠕动，用电筒一照，原来是只小刺猬，我赶紧用一把血管钳夹住了刺猬的刺，把出诊包里的东西托在手上，把刺猬放在出诊包里带回了医院。食堂里的老头告诉我刺猬喜欢吃蝼蛄，于是每到晚上，我就把扑向灯光的蝼蛄捉住喂刺猬，并且训练得只要用钳子在地板上敲三敲，它就会爬过来。那个时候，每天晚上要学毛选，天气又热，蚊虫又多，在百无聊赖中，喂刺猬就成了我们这些年轻人的乐事。但不久，这刺猬就叫食堂里的老头送到灶头中烧掉了，听老头说那刺猬被烧的时候，发出的惨叫好似小孩子的哭声，令我着实难过了好几天。几十年过去了，在渠道里捉小刺猬的印象还深深地印在脑海里，特别是有一次在苏州西山看见一个孩子把一只小刺猬放在一个竹筐中卖，那刺猬很小，两只小眼睛害怕地看着围观的人们。

小　路

一条小路，曲曲弯弯细又长……每当听到那悦耳的女声独唱时，水乡的那一条一条小路就会映现在眼前。水乡的小路又细又长，白天还好，晚上再碰上下雨，走在那样的小路上，真好比在学校里上体育课时走平衡木，一不小心就会滑到田沟里，而这样的小路我在乡下走了二十多年。一条小路的尽头，就是一个宅基。每当傍晚，夕阳西下，在落日的余晖里看着那茅草屋上袅袅升起的一缕缕炊烟，我就像倦飞的鸟儿归林，不由得从心头升起丝丝暖意。好客的乡下人，热情地接待我。那屋檐下挂着的一爿咸猪头，割一点，烧了一大盘；田里的蔬菜，很新鲜的，烧了一大碗。于是大家就像一家人一样，开始吃饭。在乡下这么多年，我在乡下人家吃过多少次饭，那实在是数也数不清了，在那艰难的岁月里，没有什么好的招待，但那真挚的情感令我终生难以忘怀。

有天晚上，在家治疗血吸虫病的好妹呕吐不止，我和大队保健

员阿雪赶了去，一看需要补液，我自告奋勇回保健站去拿盐水。那儿离保健站有条小路，也不算远，不料我出门上路之后，在漆黑的田野里迷了方向，转来转去转到了转水墩。那时候农村里的坟墩很多，我心里又急又怕，好不容易听到脚步声，原来是好妹的男人阿四出来找我，这事后来常被阿雪取笑。

夏天小路上有时还会有蛇，所以医院里的老医生叫我晚上出诊时带根棒，一则可打草惊蛇，二来可作防身用。那倒不是怕“要短路的”，而是怕“冷蹿狗”。

到了20世纪80年代，农村里也搞规划，有的宅基合并，有的搬迁，原来的小路逐渐拓宽成大路，可以骑自行车了。到我离开的时候，好多村子都通了汽车。但那蜿蜒曲折的弯弯小路却伴随着我的青年时代，回忆起来，那温馨的感觉，会从心底升起。

我的两家房东

我在乡镇卫生院工作多年，还经常下大队、生产队从事预防和治疗工作，如化验大便、灭钉螺、发抗疟药、治疗血吸虫病、设医疗点等，这样就免不了住在农民家里，多则住个一年半载，少则十天半月。于是，我就有了许多房东。其中大多数房东的印象已经模糊了，但是有两家房东给我留下的印象比较深，至今回忆起来好像就在眼前。

这第一家房东是江阴人，夫妻两人，有一双儿女，女儿已经出嫁，儿子尚未娶亲。老太和儿子在生产队挣工分，老头子是生产队的管水员。这管水员的工作虽比其他农活要省力些，但责任却很重大，渠道里放水时要把田岸扒开，让水流到田里去，待灌好水，又得把田岸上的缺口给堵起来。有时半夜下起暴雨来，老头子也得冒着雨到田头，有的田不需要水得赶紧把水排掉，以免淹了庄稼。所以队里的管水员一般都是五十岁上下的老农担任，一则他们有经验，二则责任心也强，房东老头做这管水员也挺认真的。这家人最奇怪的是三个人分开吃饭，儿子和母亲在一起吃，老头一个人吃。开始我只当是老两口感情不好，但后来看看又不像，因为老夫妻俩睡一张床，夜里老夫妻俩讲家常的声音不时从墙面的空梁上传过来。我在房东家搭伙与老太一起吃饭，老太对我很好。有时老太烧些好吃的菜或者裹馄饨等也不忘给老头端上一碗。我感到很滑稽，暗暗纳闷，因为毕竟是萍水相逢，也不好意思打听问讯。后来还是老太在闲聊中告诉我老夫妻俩分开吃饭的秘密。原来“大跃进”时吃饭不要钱，那时有句口号叫“敞开肚皮吃饭，鼓足干劲生产”。可没几时，生产没鼓起劲来，粮食倒是吃光了；接下来又是三年困难时期，农村里家家缺粮。老头人高马大，食量也大，全家的粮食给他一个人吃也不够，老太没办法只好带着两个儿女与他分开吃。老头常去挖些野菜羼着吃，总算度过了那饥饿的岁月。我问老太，现在日子好过了，为什么还分开吃？老太笑笑说：“习惯了。”

我的第二家房东是本地人，家中仅母子俩。这家人家算是农村里很贫穷的人家了，也因为穷的缘故，儿子已三十好几了，还没娶上亲。除了穷外，这儿子还有个致命伤，因幼年时生过瘌痢头，所以头上没有几根毛，队里人送给他一个“雅号”——二秃（据说队里原来还有一个大秃，多年前已去世）。这二秃除了头上没有毛外，五官倒也还端庄，脾气也挺好的，待人和和气气。为了儿子娶不上媳妇，老太着了急，托三托四托人张罗，队里上了年纪的女人都很为他卖力，但卖力归卖力，效果却不显著。我住到他家的时候，刚好是春天快过去，布谷鸟嘎嘎嘎咕地叫个不停，二秃不知是无聊还是别的原因，喜欢学布谷鸟叫，而且还要加以发挥。好多次我看见他一边挥着一根梢上绑着一把破扇子的长竹竿赶着鸭子，一边“嘎

嘎嘎咕，杨老太婆，嘎嘎嘎咕，光棍好苦”地叫唤，感到好笑得很。二秃娘俩负责队里200多只鸭子的饲养。二秃娘俩因为养着这么多鸭子，队里允许他们留下很少的鸭蛋自己处理，所以队里的女人们倒蛮拍这“鸭司令”的马屁。我每次回城里，二秃娘也让二秃称几斤蛋卖给我。

这二秃找不到老婆，把老太急得要死，经常对我说的一句话就是这辈子要断子绝孙了，我总是劝她不必着急，船到桥，直瞄瞄。这句话倒给我歪打正着，说对了。这队里有一个寡妇，丈夫死了三年，有一个女儿已经十多岁了，这寡妇因为家中没有男人，日子过得颇为艰难。二秃娘常叫二秃去帮忙干些重活，这寡妇也常给娘俩做些鞋头手脚，这一来二去，二秃与寡妇悄悄地好上了，队里人都知道了，就瞒着老太一个人。这二秃自与这寡妇搭上手后，经常半夜才回屋，因我与他住一间屋，所以叫我为他保密。二秃为了感谢我，隔三岔五就送几个鸭蛋给我。时间久了，终究给老太知道了，不想老太极力反对，原因是这女人比她儿子年龄大，又有一个拖油瓶女儿，她觉得自己儿子是个童男子，讨一个二婚头太吃亏。娘俩为此经常争吵，我就在两人之间做和事佬，劝劝儿子，又劝劝娘，也许是老太拗不过儿了，也许是老太想想儿子实在自身条件太差，于是对儿子与这个寡妇的来往就眼开眼闭，默认了。到我离开他家的时候，二秃很高兴地准备张罗结婚了。

现今寡妇再婚是很平常的事，结婚后离婚在农村也不再被人在背后指指戳戳。但在以前的农村，寡妇再婚却是会被人看不起，好多死去丈夫的女人只好在艰难困苦中熬过那漫长的岁月。

流年剪影

人们常以光阴荏苒，日月如梭来形容时光的快速，在慨叹岁月的流逝之余也不无对人生短暂之无可奈何，所以古今中外都有人发出人生如梦的感慨！洒脱如李白，亦不免有“夫天地者，万物之逆旅；光阴者，百代之过客”（《春夜宴从弟桃花园序》）的叹息。不记得哪位作家说过：“人生是个大舞台，每个人都在这个舞台上扮演一个角色，演绎出多少悲欢离合的故事。”

作为一个平常人的我，在这平淡的人生长河中，也经历了各种风风雨雨，接触过各色各样的人和事，其中的大部分随着时光的流逝逐渐淡忘了，但也有一些并未随着岁月的过去而变得模糊不清。下面我要说的就是这给我留下深深印象的普普通通的一家人——我的房东。

说起来，也是很久以前的往事了，那时候我在农村卫生院工作，由于工作的关系，经常下大队，并且吃住在农民家里，于是我

就有了很多房东。我要讲的这一家房东之所以给我留下的印象最深刻，则是因为我在这家人家住了一年多。回想起来，往事如在眼前，那是一个阳光明媚的日子，和煦的春风轻轻拂着我的脸，柳条低垂着，迎风摇曳，大队妇女主任领我来到了一个农家，这儿就是我将要安营扎寨待上一年的“分院”。说来也惭愧，所谓“分院”就我一个人，我身兼医生、护士、收款、配药，几乎所有的活都由我一个人做。

这是一个非常典型的水乡农家，走进大门，是一个小小的庭院，院内栽着两棵桃树和一棵蜡梅，梅花早已凋谢，但桃花却盛开着，那粉红色的花瓣像绽开的笑靥。桃树下坐着一位年轻的女子，大大的眼睛，红扑扑的脸，长得很好看，她朝我很腼腆地笑了一笑，不禁使人想起“人面桃花相映红”这句脍炙人口的诗句来，妇女主任介绍说她是房东老太的女儿。她把我们领进堂屋里，迎面是一张条桌，桌子上竖放着一只小镜框，镜框里是一个农村老头的照片；镜框前放着一些水果、糕点，还点着香烛，所以堂屋里一片氤氲之气。桌子后面的墙上有一副慈眉善目的观音大士画像，两边贴着一副对仗并不怎么工整的对联：“紫竹林中登自在，白莲台上供如来。”这对联因为每天进出都看见，所以印象很深。特别是有一次去宜兴旅游，在灵谷洞里看见一副对联，也与菩萨有关的，写得就要好得多了。那对联是：“磊磊石上弥陀佛，䨺䨺云中观世音。”我觉得这两副对联都很有趣，所以至今还能背诵出来。堂屋的东边，一位五十开外的农村老太正在纺纱，看见我们进来就站起来。这老太与她的女儿长得十分相像，她一面热情地张罗我们坐下，一面叫她女儿给我在西厢房安排床铺。妇女主任对老太嘱咐了一番就转身走了。我把行李整理了一下，房东的女儿给我搬来了一个半桌当床头柜，又

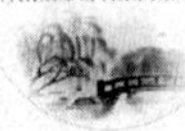

给我弄来一个火油灯，她们自己点的是油盏盆（所谓油盏盆是把一个小碟子放在竹架子上，盆子里放两茎灯草，倒上些菜油就可当灯照明）。傍晚时分，老太的儿子和女婿也从地里回来了，于是一家四口加上我五个人一起吃晚饭，也许因为我是第一天来的缘故吧，那天晚上的饭菜很丰盛，而且烧得也很可口。日子就开始平淡地过下去，我也逐渐适应了农家的生活。只是大家都有些拘束，特别是老太每天总是单独为我弄些菜，使我很过意不去。当时农民的生活很苦，除了自留地种些蔬菜，养些鸡鸭生点蛋外，很少上街买菜，所以在我的再三要求下，老太也不再每天专门为我弄菜了，但还是隔三岔五地为我加个把菜。一个月下来，我们已经相处得像一家人一样。那供桌上的老头是这家的家长，前一年年初去世，至死也不知生的什么病，老太每个月中有两次要给老头子上供，供完以后还要大哭一场。老头生前是木匠，手艺还不差，所以房东一家在宅基上还是收入较好的人家，因儿子还小，所以早早给女儿招了个女婿。女婿是外乡人，高高的个子，黑黑的脸，长得挺难看的，宅基上有人挖苦老太“把一朵鲜花插在牛粪上”。但女婿人很老实，活儿也好，虽说是包办婚姻，但小夫妻感情很好。房东一家人都待我很好，特别是老太把我当儿子一样，看见我洗衣服、洗被子，一定不许，非叫她的女儿去洗不可，并说农村里的男人是不洗衣服的，当医生的更不能洗衣服。我告诉她，我从小就自己洗衣服，但老太还是坚持不让我动手，以后我也就乐得省力，都由她女儿包办了。我到乡下不久，乡间的小路不太会走，尤其是那河上的竹桥，四根毛竹捆在一起，日晒夜露，走的人又多，那毛竹滑溜溜的，我一走上去就心惊胆战。白天还好些，晚上就怎么也不敢走了，所以每次夜出诊，老太总要吩咐来请出诊的人一定得把我送回来。有几次请看病是宅

基上的人捎的信，老太就叫她十四岁的儿子陪我一起去。

布谷鸟开始布谷布谷地呼唤着人们，夏天到了。夏天除了它的灼灼逼人的炎热外，实在也是最具勃勃生机的季节。那蓝蓝的天空没有一丝云彩，村庄路边，各种鲜花开放，姹紫嫣红一片，煞是好看，不过在烈日下劳作的农民肯定是没有这种诗情画意的感觉。天气热，生病的人也多，每天出诊好几回。每回出诊前，老太总不忘给我灌好一盐水瓶早已凉好的大麦茶（当时农村里大多人家喝生水解渴）。大麦茶有一股甜甜的焦香味，当时对我，无异于玉液琼浆，至今回味起来，那味道真是好极了！夏天各种吃的东西也多，玉米、南瓜，都是农村里很普通的东西，自小生长在城市的我，平常很少吃到，所以经常饱啖一顿。夏天给我印象最深的是房东家屋后池塘里的荷花，开始的时候，是“小荷才露尖尖角，早有蜻蜓立上头”，后来就是“映日荷花别样红”。房东的女儿知道我喜爱荷花，所以常把一枝含苞欲放的荷花给我放在床头，插在一个她们家不知何年何月留下的花瓶里。最令人难忘的是下雨天，那雨像帘幕似的从天际直挂下来，雨点打在荷叶上发出飒飒的声响。雨点落到水面上，泛起一圈圈涟漪。有一次，房东的女儿给我猜一个谜语：“大姐清清秀秀，二姐唇红齿白，三姐爆眼绿睛，四姐……”我一下就猜了出来，她还直夸我聪明，一猜就中。莲蓬成熟了，老太除了送给宅基上的小孩子外，余下的就是我们每天摘几个吃吃，那白白嫩嫩的莲子，甜甜的。

秋天来了，金色的秋天是收获的季节。在经过炎夏的炙烤以后，终于换来了一个清凉的世界。那天空是那么的高，天边飘着一朵朵白云，金黄色的稻穗沉甸甸地低下了头，牛羊低着头吃草，时而发出阵阵的叫声。微风吹过，掀起一阵金色的波浪，正是蓝天、白云、

草地，风吹草低见牛羊，好一派大好秋色。

凉爽宜人的秋天稍纵即逝，接下来就是寒冬腊月，农民们除了干河积肥外，地里也没有什么活干，空闲时间也多了。在有太阳而无风的日子，我与房东一家常坐在院子里晒太阳。我把两只脚搁在老太给我的脚炉上取暖，给他们讲《野叟曝言》的故事。大家听得津津有味。房东的女婿一边听，一边编竹篮，房东老太把纺车搬到墙旮旯里，那一根似乎永远扯不完的线就这么随着嗡嗡的纺车的转动不断地流淌。房东的女儿也不停地飞针走线，利用这个冬闲时光把一家人的衣服鞋袜做好（连我的鞋也是她做的）。廿四夜前后，各家各户开始蒸糕，那糕又厚又大，上面还撒了红绿丝，吃起来又甜又糯，我很喜欢吃。回到镇上后，每年冬天，老太总要叫她的女婿给我送几块年糕来。我对冬天印象最深的大概是黄昏吧。冬天日头短，傍晚时分，太阳已经落山，一抹红色的晚霞还隐现在天边，树木只剩下了枝丫，偶尔有几只寒鸦在空中飞过。在出诊回来的路上，我对冬天的景色不禁有些伤感，“枯藤、老树、昏鸦”，一派肃杀之气。但望着村庄上各家烟囱里在落日的余晖中袅袅上升的炊烟，心中就冉冉升起一股暖流。

有位诗人说：“冬天来了，春天还会远吗？”于是，春姑娘又踏着轻盈的步履悄然来到了人间，大地披上了绿装，柳絮飞舞着，桃树上缀满了红宝石似的花蕾。田岸上、水池边，开遍了黄色的迎春花。那“无意苦争春”的梅花却早已“零落成泥碾作尘”了。我也要结束这儿的工作，这“分院”也要设到另一个大队去。房东一家知道我即将离开，也有些依依不舍。说来也真不好意思，年轻的我，听到把我调回镇上的消息，心里着实很高兴。隔壁那个五保户三老太有一天神秘兮兮地对我说，房东老太有个外甥女，比我小三岁，

长得很漂亮，房东老太想把她许配给我。一则我年纪还小，二则当时我的心比天高，所以婉言回绝了，后来房东老太也未再提起过。三十年后的今天，当我回首往事时，对老太的一番好意还是非常感激的。有件事我感到非常遗憾，当听说“分院”要搬迁，大队要培养一个“保健员”时，老太托我向大队支部书记说一说，让她读过两年初中的儿子做“保健员”。我也很当回事地向支部书记说了，支部书记答复我，老太家是富裕中农，得让贫下中农子女来当。还有一件事令我终生难忘。我家中的写字台上要配一块玻璃，当时只有上海才能买到，有一天傍晚与房东的女婿闲谈中谈到，他便说想法给我办到。大约隔了半个月时间吧，房东的女婿开船到上海装垃圾回来，给我带回了那块很大的台面玻璃。他告诉我，为了配这块玻璃，他差不多整整跑了一条北京东路，因玻璃太大，公共汽车不让乘，于是又夹着它步行到十六铺船码头，总算把它带回来。这块玻璃能值几何，但乡下人乐于助人的真诚情意却永远铭刻在我心中。

离开的前天晚上，房东家像过年一样摆了好多菜，从不喝酒的我居然也喝了一碗农家的米酒。夜深了，我久久不能入睡，于是披衣起来，踯躅在庭院里。毕竟是春夜，还有些许寒意，望着月光透过树叶洒在地上斑驳陆离的影子，还有缤纷的落英，那“多情只有春庭月，犹为离人照落花”的诗句又跃入我的脑海。第二天清早，在晨光曦微中，我搭队里开往上海的船回镇上，但见那皎洁的下弦月还高高挂在天空，几颗星星稀稀朗朗地俯瞰着大地，春风轻轻地拂着岸边的杨柳，此时，这家普通农舍，不禁使我有些留恋。回镇上后，有时到房东家所在的大队去，我也总不忘带些东西去看望他们，老太的纺车依旧在不停地旋转。

在我将要调动工作的那年，有一天房东的女儿急匆匆来医院找我，嗫嚅了半天才开口，想托我给她女儿在镇上一家乡办厂里找个工作，我一口答应了。不想人家对我说：“要是你自己的事，我们一定帮忙，别人家的事这皮箱你就不要掮了吧！”吃了这闭门羹，我觉得很对不起房东一家人，所以一直未给他们回音。不久我就调到别的镇上工作，与房东家也未再通音信，但他们的音容笑貌，他们全家人的情意我从未忘怀。与农民的相处使我在平日接待病人时工作非常认真，态度也很和蔼，特别是对农村来的病员。时至今日，有病人到我们医院来，我也总是热情接待。当看到或听到少数医务人员对病员态度不好时，我在感慨之余非常愤懑，我很想把房东这家的事讲给他们听一听，假如他们的人生中也有这么一段经历，那么我想也许会对病人增加些同情心吧！十一届三中全会以后，改革的春风吹遍了江南水乡，房东家的草房想必也早建成楼房了吧！不知房东老太还健在否？我怀念我的青年时代，怀念那代人待人的真挚情意。特别是房东一家，他们与我萍水相逢，但他们对我的关怀令我终生难忘。

露天看电影

有一次在外地古玩市场，看到一架16毫米的电影放映机，我随便打听了一下价格，那老板非常热情，马上装上胶卷，就在店堂内放了起来。因胶卷已很老了，所以连画画也不太清晰了，声音也有些走调。但就是这老电影，勾起了我对往事的回忆。那老板鼓起如簧之巧舌，终于说动了我把它买下来，同时买了几部电影拷贝。回家后一个人不顾天气炎热，关在屋子里自得其乐地放起来。虽然没有如今电视、VCD、DVD那样清楚，而且还是些老掉牙的片子，但它却把我带回到很久以前看露天电影的年代，那令人难以忘怀的岁月。

记得第一次看露天电影是在解放后不久，那时候驻军部队隔几天就在石梅场上放电影。我在石梅小学上学，一看见石梅场上张起了一块大白布，就知道晚上放电影，于是匆匆忙忙吃过晚饭就与邻居家几个小伙伴早早地在幕布前方的地上坐了下来。那石梅场都是泥地，每次看完电影回家总要因为裤子上都是泥而遭到大人的责骂。在石梅场上看了多少场电影已记不清了，但最早看的一部苏联影片《党证》却还依稀记得。那是一部反特片，片中的女主人公嫁给了一个外号“西伯利亚人”的特务，不久发现他偷了她的党证搞特务活动，于是大义灭亲告发了他。石梅场上的露天电影放了一段时间就不放了，学校也开始在开学时向每个学生收五千元（老人民币，相当于现在的五角）的电影包场费，于是我们也能坐在电影院里正儿八经地看电影了，同时也告别了露天电影。

20世纪60年代初，我到农村医院工作，又看上了露天电影。那时候农村里还没有电，更不用说电视、收音机了。大约个把月才有城里的电影放映队到大队里放场电影。那可是大事儿，下午河滩边歇了一只电影船，在大队部的打谷场上竖起两根毛竹，架起了银幕。天一黑，整个大队的人，也有邻近大队的人就扶老携幼地从四面八方涌向打谷场。电影放映前，最起劲的就数那些小孩子，平日都得乖乖地待在家里，被大人早早地赶着上床睡觉，好容易熬到放电影的日子，难得有机会出来撒野，可真乐坏了他们。这露天电影也给大人们创造了走亲戚的机会，平日里披星戴月从早干到晚，舍不得丢“工分”，亲戚间也很少走动，因此放电影那天好多人家都在招待来看电影的亲戚。由于难得放电影，所以每次总是放两部电影，这露天电影又是得等天黑以后才能放，每次都弄到深更半夜。乡下人白天干活累了，又舍不得放弃这难得的机会，于是电影场里常常有人打瞌睡从长凳上摔下来，引起周围的人一阵哄笑。每逢放电影的日子，房东家的儿子总给我把凳子早早地安置好。电影队里有我一个小学同学，每次他总让我坐到电影机前，这儿离银幕不近不远，前面没有遮拦。乡下人带的凳子高矮不等，而且老是有人走动，后

面的人常被前面的人挡住了视线，所以实在说来，乡下人看电影也就是趁个热闹罢了。我这位同学也是小时候在石梅场上看露天电影的小伙伴之一。这小子小时候很不安分，看电影爬到树上，有一次看电影睡着了，从树上跌下来，头也跌破了，长大后额头上留下一块铜板大的疤。这家伙初中毕业后不知怎么就干上了放电影这行当，那时我挺羡慕他，一来可免费看电影，二来可到处游逛。不过后来却出了毛病，也是因为放电影，他和一个女知青发生了关系，事情败露后，他以破坏上山下乡的罪名吃了六年官司。他被抓时，老婆刚刚生孩子，等他刑满释放，孩子也大了，他老婆倒没有嫌弃他。后来，听说他发了，有一次我在街上看见他手提一只像块砖头那样的大哥大在大庭广众之间大声打电话，颈脖子里的一根金项链总有小手指那么粗。额头上那块疤在阳光下闪闪发亮，一副脑满肠肥，财大气粗的样子。

露天电影放一场我记得是三十元钱，都由大队出。现在回忆起来，看露天电影也是挺辛苦的。除了上面说的不算，那冬天刺骨的寒风，夏天从人群发出的汗臭，那蚊虫的叮咬，还有突然下起雨来，大家只好在雨中观看。虽然这样，人们却还是乐此不疲。最令人难忘的是有一次电影散场后，有十来个人同时从一条毛竹桥上走过，不想那竹桥抗不住十来个人的分量，从中间断成两截，十来个人同时掉到河里。其中有会泅水的，有不会的，手忙脚乱中间，岸上的人纷纷跳入水中把人救起，大家又高高兴兴地回家去了，也没有人骂娘。

后来我离开大队调到镇上工作，镇上没有电影院，电影就在公社院子里放。那是要买票的，当然我是不要买的，收票的人都认得，有一次买了票还非得让我退了不可。镇上放电影的次数比较多，大

概十天左右就要放一场，有几次看电影看到紧要关头，突然喇叭里叫起来：“蒋医生，医院有人找。”这时就只好很扫兴地回医院看病去了。

那个时候，电影很少，老的片子不许放，新的又没有，当时流传着几句顺口溜：“中国电影——新闻简报（大家公认有两个电影明星，一个是西哈努克亲王，另一位就是他那年轻美丽的夫人莫妮克公主）；越南电影——飞机大炮；朝鲜电影——哭哭笑笑。”不过说是这样说，但每逢放电影，场上总是挤得水泄不通。不久，公社里自己有电影队了，由于常停电，电影队配了一只三匹马力的汽油发电机，有时候碰到急诊手术停电，我和放电影的小汤一商量，小汤总是非常乐意帮忙，一等电影放完，就把发电机抬到医院给我们发电做手术。这小汤当时才二十岁出头吧，剃了个平顶头，圆圆的一张娃娃脸，大眼睛，很讨人喜欢。有几次弄到半夜，等到手术结束，就与他拜拜了。那时候好像做这种事是理所当然的，电影队从没向我们医院收过任何费用，当然也不用向小汤付什么劳务费，而我也从没想到要招待他香烟、吃夜宵什么的。那年月就是这样，假若换了现在，可得按经济规律办事了。

野菱角

那是好多年前，将近中秋节的时候吧，几个外地工作的老同学回家来过节，约好了上午在兴福寺喝茶聊天。喝了半天茶，说了半天话，把陈谷子烂芝麻都说完了，茶叶也泡得没了一点味儿，肚子倒开始唱起空城计来了。想吃饭，时间还早，恰巧这时一个四十多岁的农妇提了一笆斗的菱角来叫卖。那菱角很小，有四个尖尖的角，戳手得很。我的几个同学都是自幼生长在城市的，这么小的菱角从没见过，不免有些诧异，我就向他们介绍说，这是野菱角，很好吃的。那农妇赶紧接茬："还是这位同志识货。"边说边用一个小碗往我们桌上舀了六碗，五角钱一碗。大家边吃边说，这野菱角确实好吃，比一般的紫熟菱香甜得多了。忽然有一个自小我们大家称他为机灵鬼的盯着我问："怎么你刚才还说这野菱角好吃，可自己到现在一颗也没吃呢？"这时其他同学经他一提起也察觉到了，就一起追问，我略为迟疑了一下，就向他们谈起了将近二十年前的往事。

那年也是快到中秋节的时候吧，挂号处的老时来通知我去×××大队×小队×××人家出诊，那时我刚参加工作不久，农村里的路途很不熟悉，也不知问了多少人，幸亏乡下人很热情，给我指路指得很详细，总算没走冤枉路。到了×小队后，一个大约六七岁大的光屁股男孩把我领到了×××家。一眼望去，那是两间很低矮的茅草屋，没有窗户，只是在大门旁的泥墙上嵌了两块玻璃，屋前的场上搭着一个东倒西歪的丝瓜棚，棚顶上吊着几条大约是用来留种的老丝瓜。门口站着一位十五六岁的女孩子，扎着长长的辫子，大大的眼睛，天真无邪的脸，大概是营养不好的关系吧，脸色有些发黄。她上身穿的那件花洋布两用衫已经很旧了，两边袖子的肘部都打了补丁，虽然这样，却仍掩盖不了她那楚楚动人的神态。生病的是她母亲，我仔细给诊断了一下，是支气管哮喘，于是给她打针。等我收拾完针筒，女孩子赶紧给我端上一盆水洗手，又拿出一条毛巾给我擦手。那毛巾看上去已很旧，擦在手上觉得毛刺刺的，可洗得倒很干净。接着她又给我倒上一杯有些焦香味的黄黄的茶水，后来才知是大麦茶（乡下人买不起茶叶，夏天都泡大麦茶解暑渴）。我一边喝茶，一边打量了一下屋里。这家人家也算十分贫穷的了，母女俩合睡一张竹塌床，连个床架都没有。我坐着喝茶的那凳子矮矮的，凳面毛糙得很，我真怕把我的裤子扯出一个洞来。女孩子从一个竹篮里倒出一些小小的菱角在桌上叫我吃，并且向我解释，因为父亲已过世，母亲又常年发病，家里穷，没啥招待，吃些野菱角吧！她见我不太会吃，就用刀把这小小的菱角从中间劈开，这样吃起来就方便得多了。也许是确实饿了，也许这野菱角确实好吃，反正我觉得有生以来从没吃过这么好吃的菱角。我算了一下医药费，按医院规定，只要出医院大门，出诊费就是五角，以后每一里路加

一角。从医院到她家大约得三里路光景，所以该八角，加上药费，注射费，刚好是一元整。我开好收据，递给她，她红着脸，声音很小地说，能不能等明天上街卖了菱角把钱给我，我迟疑了一下，答应了。第二天中午，这女孩果然把一元钱还给了我，还送来不少野菱角。以后我又去她家出诊过几次，并且不再收出诊费了。因为听老医生介绍说，有时碰到病人家中实在经济困难的，就作带诊处理，只要一角钱的诊金就可以了。看过几次病后，我与她娘俩也熟悉了。她娘告诉我，自从丈夫死后，自己又常发病，真是苦了女儿，除了在队里出工外，收工后，还得挖些野菜去卖。每年野菱角成熟，就坐个长浴盆去河里采摘，第二天一早烧熟了挑到镇上去卖。那菱角又小又刺手，半天时间才采个十来斤。她母亲含着泪说，要不是女儿勤劳孝顺，她早就没命了。

第二年，大约也是中秋节前后吧，女孩子又给我送来一筐野菱角。我知道她家要靠卖野菱角贴补家用，所以坚持要给她钱，可她说什么也不收，而且在采野菱角的季节里，隔几天就会送些到医院来。第三年也是这样。第四年中秋节又邻近了，医院里那些小护士又在惦念女孩子的野菱角了，可直到天气凉了不用说野菱角，连女孩子的影儿也没见。而且奇怪得很，女孩子的母亲也没来请过出诊。我心中暗暗高兴，这女孩子的母亲身体总算好了，当女儿的也可减轻些负担了。后来才知道我是大错特错了。

有一天，与这女孩子家一个队的一位病人来住院，在与护士闲聊中，讲起了这苦命的娘儿俩。原来这年野菱角上市的时候，女孩子又与往年一样，坐了个长浴盆去河里采野菱角，也不知道怎么的，浴盆侧翻了，人跌到了河中，那野菱角的藤把她盖住了，她挣扎了好久，也没能摆脱那些野菱角根蔓的缠绕。那长野菱角的河汊又都在离宅基很远的旷野，即使喊救命也没人听见，她终于沉入了河底。第二天队里人用滚勾好不容易才把她打捞上来。她娘一见女儿的模样，哭得死去活来。在队里人的帮助下，把女儿草草掩埋后，第二天就上了吊。等到人们发现把她解下来，早就咽了气。听到这消息，我怎么也不愿相信，这么一个美丽可爱的女孩会这么快就从这世界上消失了呢！从此以后我就再也不吃这野菱角了。

当我讲述这二十年前往事的时候大家都静静地听，也不再吃野菱角了。讲完后，大家建议我按照这段经历创作一篇小说，我说我文笔拙劣，还是请做文字工作的某同学写吧。他也答应了，并开玩笑地说，将来作品发表后不要为版权的事与他打官司才好。

离老同学那次聚会后不久，我收到了那位同学的来信，信的大意是说上次答应写篇小说的事不知怎么总也写不起来，因为不是亲身经历的，没有激情，还是你自己写吧云云。

中秋节又快到了，我想起了三十多年前给我送野菱角的女孩子，我想要是她生长在今天，说不定也上了大学，读了硕士，念了博士，或许还能出洋留学。于是我决定写一篇短短的文章来纪念这位采野菱角的女孩。

老郑和他的妻子

夏季血吸虫病治疗开始了，我被分配到离镇很远的一个大队。大队抽了四名卫生员加上赤脚医生和我，总共六个人组成治疗小组，收治四十多个病人。四个卫生员中两个是小姑娘，还有一男一女都已经三十出头了，后来才知道是一对夫妻。那次治疗，还真多亏了这对夫妻，让我省心不少。现在的医务人员当然不了解当年治疗血吸虫病的情况，中华人民共和国成立后毛主席提出“一定要消灭血吸虫病”。在血吸虫病流行地区，每当夏收夏种结束，田里农活比较空闲的时候就组织治疗。开始是上门到农民家里打针（酒石酸锑钾），后来因这样很不安全，就把病人集中在大队治疗。一般利用大队的礼堂或小学教室作为病房，农民自己挑着床铺，带着柴米前来接受治疗。因为人手缺，所以各大队抽卫生员和赤脚医生一起参加。赤脚医生对治疗血吸虫病很有经验，卫生员却都是外行，得边培训边工作。没想到那次治疗组居然有一位是大城市医院的正规护

士，还有一位在管理方面也很有一套办法，所以我只要负责检查病人，其他的事都不用去操心。

每当夕阳西下，卫生员把一捆干草点上火，让煨出来的烟驱除蚊子和当地人称作马暗子的小虫。晚饭后，我们和病人坐在场上乘凉。月光下，大家边嗑着南瓜子、嚼着甜罗济（像高粱一类的东西，但很甜），边东家长西家短地闲聊。就在那乘凉的晚上，我知道了那对卫生员夫妻的遭遇。

老郑（那男的）是本大队人，1950 年抗美援朝时离高中毕业还有一年，就参加了海军军事干校，被分配在舰艇上工作。由于表现出色，虽说家庭出身不好，但还是被上级提拔，不久就被任命为某舰艇的政委。老郑在家乡有个女同学，从小学一直同学到初中，两人很要好，可称是青梅竹马了。这女同学初中毕业后考上了护校，因男朋友在青岛，所以要求分配到青岛工作。也是天从人愿，居然就被分配到青岛一家医院。两个人在一个城市内，见面的机会多了，感情不断升温，就到了谈婚论嫁的时候。老郑兴高采烈地打了个结婚申请报告，但报告上去几个月无音信。终于有一天老郑的上级找他谈话，说调查下来老郑的对象家庭出身不好，不批准两人结婚，并劝说老郑为前途着想与女朋友分手。毕竟爱情的魔力非常大，老郑经过再三考虑，说什么也不愿意与女朋友分手，在没有上级批准的情况下与女朋友结了婚。婚后不久，老郑就复员回原籍务农。老郑的妻子见丈夫因为与自己结婚被复员回原籍当农民，就不顾老郑的反对，自动离职跟老郑一起回到了家乡。回来后，两人不会做农活，一切从头开始，个中滋味按老郑夫妻俩的话说真是“贫贱夫妻百事哀”。有一天老郑邀我去他家，只见两间茅草屋，一张乡下老式大床，一只油漆已经斑驳陆离的被橱，此外就没有什么东西了。

两人虽然生活很艰辛，却很恩爱，相敬如宾。一次我跟老郑开玩笑说：“夫妻本是同林鸟，大难来时一同飞。”他妻子在一旁连连点头。

治疗组结束后，我向院长推荐老郑的妻子到医院工作，却被拒绝了。那时候在“极左”路线的影响下，我们医院里有的护士连小学也没毕业，更别谈读过护校了，因苗红根正，照样被安排到了医院工作。老郑对我的热心很是感激，虽然未帮上忙，从此我们却成了朋友。“文革”结束后，老郑原所在部队派人来到老郑所在大队，给老郑安排了个民办教师的工作。老郑的妻子因为是自动离职的，医院给了一笔钱，至于能否再行安排工作，答应向公社反映，看能否解决。后来老郑也多次提出要求，每次答复都是“研究研究”，这一研究就研究到了老郑的妻子过了五十岁，夫妻俩也就死了心。

我调到别的医院工作时，老郑夫妻俩邀我去他家话别。经过几年的努力，老郑家也有些改观，茅草屋变成了青砖瓦房，家里也有了一些家具，只是两人都已很苍老了。那天老郑多喝了些酒，看看妻子，又转过来看看我，突然念了卢照邻的两句诗：“得成比目何辞死，愿作鸳鸯不羡仙。”他妻子红着脸，脉脉含情地看着他。看着这一对遭遇坎坷的恩爱夫妻，我不禁想起西湖边白云庵月老祠的一副对联：“愿天下有情人，都成了眷属；是前生注定事，莫错过姻缘。”并用我蹩脚的毛笔字把这副对联写在一张报纸上给夫妻俩留作纪念，不过，我把“莫”改成了“没”。

接　产

不久以前，我来到曾经工作过多年的一家农村卫生院。院长领我参观了新落成的病房大楼，其设施实在不亚于市级医院，特别令人赞叹的是产科病房。在采光通风都十分良好的病房里，洁白的床单、白墙砖的贴面交相辉映，崭新的床、床头柜，一切都给人以宁静舒适的感觉。外面是夏日炎炎，病房内却是一个清凉世界。一位产妇正在给她的婴儿喂奶，初当母亲的她望着怀中小天使圆圆的小脑袋，脸上洋溢着幸福的微笑，多么温馨美好的一道风景线。此情此景，不由人忆起那逝去的岁月，那曾经发生的情景在回眸一瞥中十分清晰地映现在我的脑海里。

那是一个闷热的夏晚，天空黑黝黝的，没有一丝儿风，远远地传来一阵阵沉闷的雷声。刚巧那夜我值出诊班（现在的年轻医生可能很难想象那夜出诊的滋味）。说实在的，我也真害怕这种天气有人来请出诊，可事实就是这样，越是怕发生的事就越是会发生。就在

我忐忑不安的时候，一阵急促的脚步声伴着喊医生的声音传到了我的耳膜。一会儿，值班护士把一个五大三粗的男人领到了我面前，我背起出诊包就跟着来人走。一路上，他走得很急，我问他什么人生病，他说是“屋里的”（即妻子），又问他什么地方不舒服，回答“肚子疼”，于是就没有话了。我刚到乡下不久，这坑坑洼洼的田岸实在没有走惯，再加上晚上黑灯瞎火的，靠一只手电筒照明，只能照见脚面前的一点点范围。倒是天空中的闪电，不时把田野照得一片惨白。雷声、青蛙的呱呱声和不知名的小虫的唧唧声，以及我俩的脚步声组成了一曲夏夜的交响曲。

大约走了半个多小时的样子，我们来到了河浜边停泊的一只小渔船上，这船也是够小的了，人一走上去就直晃荡。在昏暗的桅灯光下，一个女人蜷缩在船舱里，疼痛扭曲了她的脸。我开始问病史，说是傍晚下鱼钩时，肚子在船帮上撞了一下，吃过晚饭就开始腹痛。我当即给她做了检查，哪知道这个女人腹部膨隆，下身都湿透了，我心中不由一愣，不是要生产了吧？！忙叫她丈夫把裤子脱下一看，胎儿的头已经清清楚楚地呈现在眼前，这真令人有些手足无措了。忽然，我灵机一动，出诊包内我经常备着一个切开缝合包，包内一应俱全。于是，我就在这无可奈何之中，为这位渔民的妻子接下了一个男孩。随着小孩子哇的一声啼哭，天边也似助兴一般，响起了一个响雷，接着豆大的雨点打在船篷上，噼啪直响。当我把婴儿递给产妇时，灯光下她那憔悴的脸上绽出了一缕微笑。因为事出仓促，产妇连个开水都喝不上，这时我真想把这个不称职的丈夫痛骂一顿，但看了他那局促不安的样子，便把我的愤懑压了下去。哗哗的瓢泼大雨下个不停，连产妇睡的席子边上也漏到了雨。夜已深，他叫我就在船上睡一晚吧，我看着这么小的船，以及船上仅有的一顶千疮百孔的乌黑蚊帐，而蚊子的嗡嗡声却不绝地响于耳畔，就摇摇头说："雷阵雨一会就停的，到时候再走。"不一会儿，这雨也慢慢地停了，我嘱咐他要好好侍候他的妻子，天明后到医院里检查检查。我走时，他还要送我，我再三推辞，要他照顾好妻子，但他还是坚持把我送到岔路口，详细地给我指了路，于是我就踏着泥泞的小路往回走。因为刚下过雨，天气凉快了许多，月亮也从云堆里钻了出来，泻下皎洁的光芒。星星在无际的灰蒙蒙的天宇上闪烁；几星萤火，悠游来去，忽明忽暗。夜，挟着凉爽的微风，吹过滴着小水珠的稻叶，吹过飒飒作响的杨柳，吹过闪着月光潺潺流动的小河。蟋蟀、纺织娘以及夜鸟在草丛中、池塘边和树隙中唱着抒情的"小夜曲"，打破了沉睡的静穆的田野。那散发着馨香的野花和树叶，那浓郁而清新醉人的空气，对着这茫茫夜空、群星璀璨、银河起伏、皎洁月光，不禁令人堕入遐想。"天街夜色凉如水，卧看牵牛织女星"，要不是得随时小心脚下路滑，这月光下的漫步倒也很让人心旷神怡，虽然刚刚经历的一幕使我感慨万千。我为当时农村的医疗状况感到忧虑，也为农民缺乏健康知识感到深深的悲哀。

后来，我回想起这次难忘的接产时不由得非常后怕起来：要是这个产妇是难产，要是产后大出血，要是产后感染，要是破伤风……那么我这个仅仅在临床实习时接过二十多个平产的初出茅庐是万万不能对付的。当然，我刚刚当医生的年代与今天农村的医疗条件是完全无法比拟的，现在的年轻医务人员也很难想象当年农村医疗条件之差、医务人员工作的艰辛；现在的年轻母亲也很难想象她们的祖母、母亲辈作为母亲曾经经受过多么艰难的"产程"。

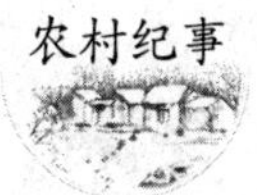

橹声欸乃

我有过不同的水上航行的体验，但这些航行给我留下的只是淡淡的回忆，就像大海中的一滴水。可是，有那么一次农船上的夜行，却令我终生难忘。

说来话长，那还是我刚刚被人正式称作“医生”的时候吧。一天，我和一位同事到离镇很远的一个大队去检查疟疾的预防服药工作，大队保健员一定要我们吃了晚饭回来。我们也就老实不客气，在他家饱啖了一顿。冬天天黑得特别早，幸亏那天是月半，一轮明月把银色的光辉洒满了田野，照亮了弯弯曲曲的乡间小道。我和同事边走边谈，只顾了嘴上，没顾到脚下，我一脚踩空，在农民罱泥挖的岸沟里扭了一下，一阵钻心的疼痛使我不得不坐下来。经过一番搓揉后，疼痛越来越厉害，而且脚背也渐渐地肿了起来。我的同事自告奋勇要背我回去，但走了十几步就气喘吁吁，不得不把我放下。我俩商量了一下，决定由他去找附近农民想办法。我一个人孤

零零地坐在田埂上，除了怒号着的朔风外，万籁俱寂。过了大概二十分钟的样子吧，我同事领着一个人来了。月光下，这人看上去将近五十岁的样子，身板儿挺结实，一张黑黑的脸上挂着微笑，是个忠厚老实的庄稼人。他二话没说，就把我背在背上，大步流星向他家走去。到他家后，他老伴忙着烧水，他儿子张罗船，新娶的儿媳妇把新房里的被子放到船上去（后来才知道，因我是医生，怕我嫌旧被子脏）。不一会父子俩就一个撑篙，一个摇橹，把我们送往镇上。隆冬的深夜，寒风刺骨，河面上结了一层薄冰，不时还得用竹篙“破冰前行”。我睡在舱里，盖着他家新媳妇的新被子，倒也不觉得冷。橹声欸乃中夹着船帮划破冰碴的嚓嚓声，天空中银盘似的月亮随着我们一起前行，不由使我想起张九龄的诗句“明月却多情，随人处处行”。夜，静静的，只是在经过村落时，偶尔传来几声狗吠。“野旷天低树，江清月近人。”这是孟浩然的诗句。船艄上父子俩摇着橹，月光下，他俩的脸上挂着汗珠，他们嘴里呼出的气在凛冽的寒风中化作了白雾。我对这父子俩的感激之情不禁油然而生，要不是这两位好心人，我孤身一人，在寒冬荒野中不会被冻僵么？走了足足两个多小时的水程，终于到了医院的河滩边。老伯的儿子把我背到床上。夜已深，乡下医院食堂无人值班，连瓶开水也没有，我同事张罗了半天，什么吃的东西都没找到。父子俩看出了我们的窘态，就说：“我们不饿，乡下人只要随便什么地方躺一躺就行。”睡到床上，我又疼又困，不久就沉入了梦乡。第二天，阳光直晒到床头我才醒来，想叫人向父子俩表示谢意，但同事告诉我，天刚蒙蒙亮他们就走了，说是还要回去罱河泥。那天晚上没顾上问人家的名字，此后也从未见过面。有一次我与他们大队的保健员说起这事，想托他打听一下，表示谢意，他说这种帮人的事，在乡下司空见惯，

不必挂在心上。

随着岁月的流逝，这位老伯的形象还是会经常那么清晰地浮现在我的脑海，虽然我至今仍不知道他姓甚名谁。三十多年了，老伯要是还健在的话，该快八十岁了吧！

最后两只鸬鹚

不知您曾否见过鸬鹚捕鱼的情景，一条小小的划子船，两边船帮上蹲着几只遍体漆黑的鸬鹚，打鱼的人一边用桨敲击着船帮，一边嘴里啊嘘啊嘘地吆喝着，河里的鱼被搅得昏头昏脑，于是不用主人吩咐，鸬鹚就纷纷跳入水中，不一会儿就叼着鱼儿向主人邀功。渔人把它长长的脖子一手提起，另一只手就把它嘴里的鱼抓出来往船舱里一丢，顺手把它一甩，它又乖乖的捕鱼去了。我很奇怪，这小畜生怎么这样通情达理，为主人全心全意服务。后来才知道，鸬鹚的脖子里束着一圈绳扣，除了很小的鱼儿能通过它细长的脖子吞下去外，大些的鱼儿是吃不下的。当然在它们付出劳动后，它的主人也不忘喂些小鱼儿和豆腐给它们。鸬鹚特别喜欢吃豆腐，只见它颈脖子一伸，一大块豆腐就囫囵吞下去了。鸬鹚从小就要接受捕鱼训练，特别是大鱼，靠一只鸬鹚是抓不住的，这就需要由两只甚至三四只鸬鹚通力协作，用它们长长的利喙把鱼叼到船边。一只训练

有素的鸬鹚值好多钱，我们家乡有的人家就靠鸬鹚养家糊口。小时候看鸬鹚捕鱼看得可多了，那鸬鹚在水中与鱼儿追逐的情景是我和我的小伙伴最喜欢看的，即使招来大人的责骂也无所谓，只要听说什么地方有鸬鹚在捕鱼就偷偷地溜去看，后来我家搬迁到城里就再也看不到鸬鹚了。不想走出校门，来到 ×× 公社工作后，又见到了久违的鸬鹚。

×× 公社是个水乡，河汊纵横，但河道水面都属渔业大队管的，而渔业大队用拖网捕鱼，不用鸬鹚，我重新见到鸬鹚是在大队治疗血吸虫病的时候。那次我到离镇上很远的一个治疗点去治疗血吸虫病，大队里安排的一个炊事员叫阿贵，阿贵那年已经四十多岁了，但人挺精神，不像一般乡下农民由于长年累月面朝黄土背朝天而显出那苍老的模样。他个头高高的，宽宽的脸上嵌着浓眉大眼，长着络腮胡子，要是穿着好一点，挺像个大干部。治疗点的炊事员烧饭实在很简单，因为病员的菜都是各人家里送来的，只要烧些饭和汤就行，倒是我们几个医务人员每天得弄些菜，不过由于离镇上远，也很少买菜，只得将就。多亏阿贵不时给我们弄些鱼来改善生活。阿贵给我们弄的鱼就是他养的两只鸬鹚捕的。这阿贵不喜欢说话，每天下午开过饭后，他就划着小划子船，带上他那两只宝贝鸬鹚捉鱼去。

一起待的时间稍微长些后，我和阿贵关系处得不错，有几次他也带上我一起捕鱼去，也就是在那时我学会了划船。这划船也有窍门，必须划两桨，扳一桨，否则小划子船就会在水面上打转转。即使与阿贵相熟后，他也从不谈起他的身世，后来还是从和他一个队的病员那边陆续听到一些他的情况。阿贵的父母不是本地人，当年就靠一只小船养了几只鸬鹚，在水上捕鱼为生，到 ×× 乡后觉得这儿水面多，就搭了两间茅草屋住下来。阿贵小时候长得很聪明伶俐，宅基上有个小姑娘名叫阿翠，两人从小在一起玩，长大后都有那么个意思。不想阿翠的父母嫌阿贵家是外来的捉鱼人，只有两间茅草屋，阿贵的父亲又早死，家中还有一个多病的老母亲需侍奉，所以随便怎样也不愿把阿翠嫁给阿贵，并且很快把阿翠嫁到邻村的一家人家。阿翠嫁的男人脾气挺好，就是生得瘦小，劳力差些，里里外外都得阿翠张罗，不久就有了两个小孩，日子过得颇为拮据。

再说阿贵自阿翠出嫁后一直未娶亲，那几年农村里闹饥荒，阿贵打些鱼卖掉后出高价买些粮食，每当阿翠回娘家，阿贵总要把预先准备下的鱼和粮食让阿翠带回家。阿翠本来就感到有些对不住阿贵，现在见他非但没有责怪她的意思，反而经常接济她，这心里的感激就甭提了。那时阿贵老母已去世，两人旧情复燃，阿翠回娘家，两人就在阿贵茅草屋内聚会，而阿翠回娘家的次数也越来越频繁。他俩的事宅基上人都知道，据说阿翠男人也清楚，只是表面上装糊涂，有时阿贵送些什么的到他家，两人客客气气的，还坐在一起喝酒。

阿贵告诉我，本来他家有八只鸬鹚，要不是“四清”时工作队硬逼着把鸬鹚交到渔业大队，他早就繁殖起一群了。我问他为什么不许养鸬鹚，阿贵说因水面归渔业大队，所以虽然十分不愿意，也只好交出去，还不光他家。这些鸬鹚到渔业大队后，因无人管理，结果死的死，逃的逃，如今一只也没有了。倒是他有一天在荒滩上捡到现在养的这两只鸬鹚，当时还很小，他费尽心血把它们养大，又教会它们捕鱼。阿贵对这两只鸬鹚爱如珍宝，平时不善言辞的他只要提起他那两只鸬鹚就眉飞色舞，话也滔滔不绝。鸬鹚平时喜欢吃豆腐，阿贵用高价买了黄豆，再到镇上换了豆腐喂它们。他告诉

我，这两只鸬鹚正好是一对，他要靠它们繁殖起一大群。也难怪阿贵喜爱它们，一来它们为他解决生计；二则那两只小畜生也实在可爱。不捕鱼的时候，它们用灵活的长颈遍身剔刷羽毛，有时鼓动双翼，振落羽毛上的水滴；有时也会缩起一足，如金鸡独立，小眼睛凝视着你；有时还互相扭颈挨擦表示亲热。偶尔它俩也会发生争执，也会“武斗”，但不过只是互相以胸部相抵，并不动手动脚，输的那只败下阵来，胜利者也不再穷追猛打。每天吃过晚饭，阿贵让他两只宝贝鸬鹚一边一个蹲在他肩膀上回去，因为鸬鹚习惯住在他家茅草屋内的窝棚里，所以不管刮风下雨，他都要把它们带回家，第二天一早再带它们来治疗点。

治疗组就要撤离了，就在快撤的时候吧，阿贵有两天没来，好在那几天大部分病员都已回去了，仅剩十来个病员留下来观察，一日三餐都由我们自己张罗。第二天早晨，阿贵垂头丧气地回来了，仅仅两天不见，他就像变了个人似的，眼眶也凹下去了，好似一下老了许多，见了人也不说话。那天晚上阿贵没有回去，这可是怪事，我问他怎么不回去？鸬鹚呢？他眼眶里含着两泡泪，半晌才说，鸬鹚没了。那天晚上他就睡在值班卫生员的床上，我听他翻来覆去唉声叹气的，害得我也睡不着。第二天阿贵宅基上有人来接病员回去，才知道这两天在阿贵身上发生的事。原来阿翠患有晚期血吸虫病，脾肿大，曾经到城里做过脾切除手术。那时候还没有后来那样凡是与血吸虫有关的病都可免费治疗的规定，阿翠家经济困难，因此所有开刀费用都由阿贵包下来。阿翠自手术后身体一直不怎么好，而且因食道下端静脉曲张破裂呕过两次血。每当阿翠发病，阿贵都得给张罗钱，宅基上人讲阿贵省吃俭用节省下来的钱都用在阿翠身上了。那天晚上阿贵回去听队里人说阿翠又呕血了，公社医院已回

报，病人送到城里的人民医院去了。阿贵连夜步行三十多里路赶到了医院，阿翠病情危重，已输了三千多毫升血，仍未脱离危险，准备的一些钱也都已用完，可还得输血。那时输血是直接向献血员抽的，抽完血就得付钱。阿贵得知这情况后，一夜没睡，清早就赶着头班汽车乘到 ×× 站，再步行六里路赶回家。到家也顾不上洗脸吃饭，拎了两只鸬鹚去卖给了一直觊觎他两只鸬鹚的邻村老五，得了一百五十元钱再赶回城里。不想，阿翠终因呕血不止而死去，临死阿贵也没能见上一面。听了这些经过，我很为阿贵感到难过，但也不知说什么安慰他才好。再隔了几天，治疗组撤离了，阿贵回队里去了，我也回到了镇上，好多年之后，我也调到了别的医院。

不久以前，阿贵宅基上有个老人来我们医院看病，我领他看完后请他到我办公室坐一会儿，聊聊天。聊的当儿就聊起了阿贵和阿翠，我才知阿贵在阿翠死后两年也去世了，大家都说阿贵是伤心死的。

我从没见过阿翠，据说阿翠年轻时长得不高不矮，不胖不瘦，鹅蛋脸儿，大眼睛，双眼皮，一口刷齐小白牙，微微一笑，脸颊上深深的两个酒窝。怪不得阿贵为了她终生未娶。虽说不过后来她生病生了那么多年，早就失去了早年的丰韵，可阿贵仍一直深爱着她。

听　雨

前年初夏时节吧，几位老同学约我去游东山，说来也真巧，老同学好不容易碰面，却遇上了下雨天气，而且那雨从开始润物细无声的蒙蒙细雨不久就似大珠小珠落玉盘了。面对着尴尬的天气，发起游东山的那位苏州老同学很诚恳地作了一番自我批评，我们劝慰他说天有不测风云，况且雨中出游亦别有意趣。于是在东山镇上买了伞，每人撑了头上一片天，在雨中先去位于太湖边上的席家花园游览。雨中的太湖，烟波浩渺，水天一色，真有斜风细雨不须归的感觉。游完席家花园，苏州老同学又带我们去紫金庵，观赏了据说是全国仅存两堂半宋代罗汉中的一堂。那罗汉有的慈眉善目，有的怒目金刚，还有的憨态可掬，个个形象迥异，栩栩如生。看完罗汉，那雨越下越大，我建议就在紫金庵喝喝茶、聊聊天。于是，多年不见的老同学就聊开了。上自国家大事，下至鸡毛蒜皮，各抒己见；当然还免不了夹杂几声咒骂着下雨鬼天气的话语。渐渐地我对他们

的胡侃海谈不再感兴趣了，雨打芭蕉的飒飒声让我坠入了对逝去年月的遐想中。

少年听雨歌楼上，红烛昏罗帐。壮年听雨客舟中，江阔云低，断雁叫西风。而今听雨僧庐下，鬓已星星也。悲欢离合总无情，一任阶前，点滴到天明。

记得那是刚参加工作的时候吧，我到乡下住在一家农民家里。那家人家还是农村中较为“富裕”的人家，其标志就是住的是瓦房。不过那“瓦房”可真是“瓦房”，睡在床上可以看到一根根椽子，每两根椽子中间鱼鳞似的铺了一层瓦片，白天还可以从缝隙中见到丝丝阳光。到乡下后没几天，下起雨来了，那雨敲打着瓦片，发出单调的滴滴答答的声响。就是在那雨夜，我翻到了蒋捷的这首《听雨》，想想自己孤身一人，在这简陋的乡下，不知要待到何年何月。后来随着时光的流逝，我也逐渐听惯了乡下的雨声。不过我比较多的是住在农民的茅草房内，那雨下到茅草上，滴到泥地上，有时就听不到雨声了。除非是滂沱大雨，茅草屋顶上的雨水集成股倾泻而下，才能听到。此时，就不是嘀嘀嗒嗒，而是哗哗的声响了。下雨天，特别是晚上，单调的嘀嗒声好似催眠曲，催人入睡。但若是有病人要出诊，那就是别有一番滋味在心头了。那大滴的雨点打在伞上，发出扑扑的声响，我就这样一脚滑一脚地走在田岸上。往往走不上多少路，裤管就湿透了，半筒套鞋内还甩满了泥，再加上鞋帮上沾上的那似乎比糯米粉还要黏的泥，一双脚真有十来斤重。有时候逢到下大雨，乡下农民专门摇了船接我去看病，那雨打在船篷上，声音大得像敲鼓。出诊一次来回总要两个多小时。说实在的，看着他们身穿蓑衣，头戴箬帽，手摇船橹的身影，不由得我从心底里感谢他们。

在农村听雨一听就听了二十多年，调到城区工作后，住的是公寓房，屋顶的雨声是听不到了。除非是斜风斜雨，雨滴打在玻璃窗上，发出淅沥淅沥的声响，自然也不用再担心去品尝雨中走在乡间泥泞小路上的滋味了。当然，现在村村都通了汽车，农村的医疗条件也改善了，各村都有乡村医生，医院里的医生大概很少出诊的了。这嘀嗒的雨声一直伴随着我的青年时代，现在再听到那嘀嗒的雨声，眼前就会浮现当年撑着雨伞走在乡间小路上的情景。好似又看见房东老头——那个管水员，因为久旱未雨，突然下起一场大雨时，眼睛笑得眯成一条缝的模样；还有那雨打船篷夹着的橹声欸乃，那些头戴箬笠身穿蓑衣的乡亲们。

桃　花

我爱桃花，它是那么娇艳，阳春三月，桃树上绽开的花瓣真像漂亮少女的笑靥，这是桃花。然而对我来说，桃花还是一个和桃花一样美的姑娘的名字。

那是二十年前的事了，那年春天，我被分配到一家公社医院工作。一天晚上，院长通知我，说明天去大队医疗点。第二天吃过午饭，我正在整理行李，院长把一位亭亭玉立的少女领到我面前介绍道：这是桃花，大队的卫生员，是来接你的。我打量了一下，人与桃花一样美，那水灵灵的大眼睛，精致的小小的鼻子，嘴角浮现着淡淡的微笑。她帮我提着行李上了河边的一条小船。

长这么大，我还是第一次与一位陌生姑娘单独在一起。桃花也很腼腆，一路上也没多开口。小船沿着弯弯曲曲的河道行进，两岸杨柳的嫩枝在和煦的春风中摇曳，杨柳中间夹着的桃树上缀满了一颗颗红色的和粉红色的花朵。桃花摇着橹，不时用手挥去脸上的汗水，我真感到惭愧，一点儿也帮不上忙。两个多小时的水路不知不觉就走完了，我却一点没感到漫长。

医疗点就设在桃花家，一则因为桃花是卫生员，二来她家人少，就父女俩，家里有空屋。桃花当卫生员也有三年了，又读过三年初中，以前跟点上的驻点医生也学了不少医学知识和医疗技术。我初来乍到，再加又是刚出学校大门，临床经验不足，操作技术也不熟练，所以开始时她帮了我不少忙。桃花不但人长得美，心眼也好，对病人很关心体贴，队里老老少少没一个不夸她的。一个多月下来，我已经习惯了医疗点上的工作，与桃花父女俩也相处得像一家人一样。桃花母亲在生她的时候难产死了，所以从小就没妈，偶然提及她母亲就潸然泪下。

那年月粮食供应很紧张，我这么个小青年每月二十八斤的定量肯定是不够的，多亏桃花精打细算，弄些瓜菜代，总算也能吃饱肚子。我所在的那个乡是个水乡，河汊纵横，特别是桃花家那个大队，小河特别多，那河上架的桥都是用四根毛竹拼起来的，经过阳光雨露的滋润，那毛竹又光又滑，本来那桥架得就不稳，再加那么滑溜溜的，开始时我怎么也不敢走，每次都是桃花走在前面拉着我的手战战兢兢地过河。桃花一边走一边还教我不要往河里看，往前看就不怕了，后来居然也能如履平地。每当夜间出诊，桃花总要反复交代来的人一定要送我回来，她也一边做着针线活一边等我回来，还不忘给我准备一些点心。如果是带信来请出诊的，她就执意一定要陪我去，怕我迷路。

春光易逝，转眼就到了夏天，晚饭后，如果没有出诊，我们就坐在门外场上。河上不时吹来一阵阵凉风，我指着天上的银河和星星，讲些神话故事，桃花听得津津有味。她也会告诉我一些农村的

风土人情。这样的夜晚是最惬意的，就我们俩，好像外面的世界离开我们很遥远。

那个夏天最令我难忘的是有一次我发烧，桃花先给我注射了些青霉素，几天下来却不见效。那天半夜桃花发现我烧得有些神志模糊，这可把她急坏了，就连夜叫上她父亲用小船把我送到医院。因为我刚来这个医院就到了医疗点，所以医院里的人跟我不太熟，可说是举目无亲，桃花留下来陪护我，到我基本退烧才回去，我心中的那份感激就不用说了。

秋天来临了，在蓝天白云下，金黄色的稻穗沉甸甸地低下了头。桃花家有块自留地，我自告奋勇要去帮她割稻子，因为在学校里去支农干过，这活儿我会。我心中暗自庆幸总算能帮上一点儿忙了，特别是和桃花一起，所以一点也不觉得累，当然我的速度比桃花要慢得多。

真是光阴似箭，日月如梭，本来时间过得就快，与桃花相处那就更快了。刚到农村时我还感到不习惯，这时候如果叫我离开反而会有些失落的感觉。春节我要回城去休假，桃花不知用什么办法为我准备了一些年糕、鸡蛋和咸鱼等一大包东西给我带回家，在那物质十分匮乏的年代，这些东西可是十分稀罕的啊！

春节过后我回到了乡下，说实话，在离开的那几天我十分想念桃花，我感到我已经离不开她了，即使让我一辈子留下来也愿意。我和桃花两人嘴上不说，但好似心有灵犀一点通，大家心照不宣，我对未来充满了憧憬。桃花的父亲看上去也很乐意看到我们这样。

又是莺飞草长的春天降临人间，桃树上又缀满了宝石般的花蕾，和煦的春风迎面拂来，这春天让我心中充满了希望，桃花也一如既往地照顾我。渐渐地，我发现她眉宇间似乎隐隐有些不安，我旁敲

侧击地问她有没有什么为难事，可桃花总是把话题岔到旁的地方去，我也没多往心里去。

4月10号，我记得太清楚了，因为那天是桃花生日，我们早就讲好当天要好好祝贺她一下。春天快要过去了，桃花也已开始凋谢。早晨我看到桃花两眼红红的，好像哭过，问她什么也不答应。我正在迟疑，大队会计走过来告诉我，昨天晚上接到医院的通知，叫我今天务必回医院，我有些不祥的预感。那天的天气也怪，隔天还是春意盎然，阳光灿烂，可这天却是春寒料峭，我不但感到身上冷，心里也像搁着块冰似的。早饭后，我又跨上来时的那条小船，还是同样的春天，还是来时的那条河，还是那岸上的桃红柳绿，可心情却是与来时大相径庭，对不知的未来充满了恐惧。小船顺着河道弯了个弯，又来到了我和桃花经常相会的那棵桃树旁，只见她围着我送她的围巾伫立在寒风中，那红色的围巾掩抑在万绿丛中分外明显。当天晚上我打开行李，发现一双新鞋，底上绣了两朵红色的桃花。

几经周折，我才得知由于桃花是远近闻名的大美人，好多青年人都看上了她，做媒的踏破了她家的门槛，因为桃花不乐意，所以她爹把这些人都回绝了。可其中有一个是大队书记的儿子，他扬言非娶桃花不可，而且放出狠话来，叫她趁早死了想嫁我的这条心。又告诉她父亲说我是地主家庭出身，家中又有人在吃官司，要他站稳阶级立场。还说如果要嫁给我这个城里人，就必须把户口迁出，那年月农村户口可是迁不到城里的。他那当书记的老爸也要挟医院院长，如果不把我调走，就把医疗点撤掉，于是医院只好迫不及待地把我调回镇上，并且尽量不安排我去桃花她们那个大队工作。桃花本来就不太到镇上，后来就更少来镇上了，不过我知道她一定还没结婚。

来年春天，又到了桃花盛开的时候，我从城里休假回医院，看到几个小护士叽叽喳喳的不知在说些什么，她们看见我就突然停了嘴。不过，我好像隐隐约约听到桃花两个字，想再问问到底什么意思，可那几个小丫头就像早就串通好了似的，一下都成了哑巴。后来还是妇产科的老徐医生告诉了我事情的真相。原来就在我回家休息的当夜，桃花护送一个产妇到医院，产妇的情况比较危急，为了能早些到医院，桃花就帮着扭绷，突然橹绷绳断了，桃花跌到了水中。春天正是发桃花汛的季节，人一跌到河里就被湍急的河水冲走了。这个消息，对我来说不啻晴天霹雳。第二天我来到桃花坟上，那坟就在我和桃花一起割稻子的那块自留地里，但见一畦黄土，埋着我心爱的人。我在坟上坐了很久很久，想着与桃花一起度过的那些美好时光，她的一颦一笑，宛如就在我眼前。最后，我把准备好的一束桃花拆开，散放在坟头，然后依依不舍地离去。

不久我调到城里，临行前，特地去桃花坟上种了一棵桃树，一切都过去了。二十年了，我已多年未去那个水乡了，桃花坟上的那棵桃树想必早已亭亭如盖了吧！

风雪黄昏

去年冬天，难得下了一场大雪，近年来很少见到过这么大的雪了。早晨开门一看，一片白茫茫，但见院子里的竹叶和竹枝上积满了雪，被压得歃歃倒倒地向下低垂着，桂花树上的雪因有叶子衬托着，雪片堆积得厚厚的，望上去就像开满了白色的山茶花。墙角上脱落尽叶子的梅树枝上只有小块的雪片粘着不坠落下去，就像刚著花的梅花，正是墙角数株梅，凌寒傲霜枝，因是雪著花，未能暗香来。抬眼往上一看，那棵高高的白皮松的枝丫上缀满了一条条如流苏似的雪花，就像穿着白纱裙的少女翩翩起舞。举目眺望远处的屋顶，都似密盖着纯白色的毡毯。我回到书房，打开空调，坐在靠背椅上，看着窗外飘舞的雪花，脑海中突然冒出了“日暮苍山远，天寒白屋贫，柴门闻犬吠，风雪夜归人”这首诗来。也由此似乎看见了数十年前风雪黄昏时彳亍于如白蓑衣广覆的荒野之间的我自己。

那年还是我参加工作的第一年，因母亲生病，我把一个月的休假并在一起回家侍奉母亲。因病情关系，超假了一天，本想再多待一天，可母亲觉得我第一年刚去上班，如再超一天假会给医院领导留下不好的印象，所以催促我还是回去上班。当年我工作的那个公社还没通公路，只能坐四个来小时的轮船。不过，邻近有个公社通汽车，如到了那里只要走十来里路就能到我工作的公社。为了节省时间，尽量为母亲多安排一下，我就决定乘坐汽车回去。未料到因近年终岁末，乘车的人很多，只能买到下午三点的票了。我算算到站后凭我步行的速度大概在天黑以前能赶回医院，于是就上了汽车。我大约四点钟光景就到了 ×× 公社。我一路打听，一路急急忙忙地赶路，但见残柳垂丝，寒芦飘絮，大约走了有半个多小时吧，不想阴霾了一天的天空突然刮起一阵朔风，接着就是纷纷扬扬地飘下大雪来。路边的小池塘里，乱飘的雪花落下时，微微起些涟漪，不一会儿那些杈芽老树上就镶满了银边。冷风和着雪片扑面吹来，如同风霜刀剑，我的外套不久就大半变白且湿了。那球鞋因进了雪水的缘故而冰冷难忍，踏着雪泥前进频频发出清脆的声响。更糟糕的是天色过早地暗了下来，乡间小道上没个人影，路的两边也不再见到原来还稀稀朗朗散落在田野里的村篱茅舍，却见累累的荒冢白着头，我惊恐地踏着一半儿泥泞，一半儿雪，踉踉跄跄地向着前方漫无目的地走着，因为发现已迷路了。而天公却像故意和我作对似的，漫天的大雪更加纷纷扬扬地舞蹈在暮色苍茫中，毫无遮拦地扑在我的脸上，落到衣服上，而且还渗到衣襟里去了。隐隐约约我看见右前方有条小路，小路的尽头有家茅草屋，于是我一脚深一脚浅地走到了屋前轻轻叩了叩门。随着吱呀一声，门打开了，出来一个中年妇女，我很惶恐地诉说了我的窘况，她二话没说就让我进了屋，此时我才算如释重负，庆幸不必再在这风雪的荒野中踯躅了。那妇人把

我安排在一张矮桌旁坐下，又点起了一盏油盏盆，借着这淡黄色的光，才看清屋内还有两个人，一个是瞎眼婆婆大约已有六十多岁了，瘦弱干瘪的身躯，像一团旧抹布蜷曲在一张破竹椅上；还有一个大约年方十六七岁的女孩子，脸庞长得很清秀，正坐在桌旁吃着一碗菜叶多于米粒的薄粥，见了我羞涩地微微一笑。那中年妇女介绍我说那个老太太是她的婆婆，女孩子是她的女儿。她见我浑身湿透了，也许还看出了我饥饿的样子，就对我说，先煮点粥给我吃，此时早已饥肠辘辘的我已顾不上客气了。她叫她女儿在灶下点上火，然后叫我把外衣脱下，坐到灶下烧火。女孩子就给我折草把（至今我犹清晰记得那折得就像耳朵样的草把），一会儿她把米淘好放在一个锅内，又放上水，同时又叫我点燃了另一个灶膛烧水。不消半个时辰，锅盖的四周就呼呼地冒出白色的水蒸气，一阵阵米粥的香味和着柴草的芬芳缥缈在这简陋的茅屋中了，而我的外衣以及被汗水浸透了的内衣也烘干了。于是，她张罗着给我盛了一大碗热气腾腾的粥，那粥里还有金黄色的山芋（即是红薯，我们那儿叫山芋）。喝着那又香又甜的山芋粥，我觉得从来没吃过这么好吃的东西，时至今日我还是喜欢吃这种放有山芋的粥。此时，我突然想起小时候有一次姨婆告诉过我的一个故事。说是古时有一位书生赴京城去赶考，有天晚上也是前不巴村后不靠店，他借宿在一家人家，那时他也是饥寒交迫，那家人家的老婆婆给他烧了一碗芋艿吃，他觉得从未吃到过这么好吃的东西。是年他高中进士，做了官，在衙内吃厌了山珍海味，忽然想起那晚吃的芋艿太好吃了，于是吩咐厨师做了一碗芋艿。厨师用心做了一碗捧上，他吃了后觉得远不及那老婆婆做得好吃，于是就把老婆婆请到衙门里来也烧了一碗芋艿。结果一吃之下还是远没有那晚在她家吃过的好吃，就问她怎么回事，老太太笑笑说："大人那时还没做官，又是肚饥的时候，所以这很普通的东西也觉得像山珍海味了。现在你吃惯了山珍海味都觉得没了味道，那芋艿就更不用说了。"那官儿红着脸包了五两银子叫人送她回去。当年我姨婆给我讲这个故事估计有两个用意，一是叫我不要忘了苦的时候，二是不要忘了曾经给我帮助过的人。

此时我肚子饱饱的，身上暖暖的，瞌睡上来了，不定地打着呵欠。那个女人看我这样子就忙着在灶前铺了个稻草铺，又从她们床上抽了一条农村里常见的那种青布被，我匆匆洗了一下就钻到被窝里了。那稻草铺很是暖和，而且还有一股清香的味道，多年后我告诉我女儿说这稻草铺如何又软又暖，我女儿说总不见得比席梦思还舒服吧。我朝她看了一下，无语。是呀，我女儿也与她的同龄人一样，从未经历过那艰苦的岁月，当然就没有我们这辈人的体会了。第二天醒来，那女人给我把昨晚吃剩下的粥热了下让我吃，同时又问了我怎么会在大风雪的晚上迷了路。我把经过说了下，她告诉我，其实我昨天走了这么多路，还是没走出她们这个公社，离我回医院的路还有八里多路。因下雪的天气，农村里出门的人很少，想问个路也找不到人的，所以她叫她女儿送我一程。我很感激地谢了又谢，又拿出我身边仅有的五元钱和一斤粮票给她，她却推辞着怎么也不肯收。后来我趁她不注意就把它塞在碗底下了。我向她与瞎眼婆婆告辞后，女孩就领着我出发了，临出发时我看见女孩子手中拿了一个小布包。昨夜雪下到半夜就停了，虽然路面上积着厚厚的一层雪，走上去倒也不滑。而且出门时风也停了，太阳晒在身上略有些暖意。一路上女孩子告诉我，她的祖父被国民党兵抓了壮丁，祖母思念丈夫把眼睛哭瞎了。我问她昨天晚上她喝的粥怎么是青的，她告诉我现在农村里家家缺粮，所以只能把山芋藤一起煮着吃。她又告诉我

今年已经十八岁了。我不由得再仔细打量了她一下，由于营养不良，她长得很瘦弱，面色也没有青春少女那种娇艳的红色，然而仍掩盖不了她天生的美貌妩媚。一路上谈谈说说不觉走了将近半个小时了，我几次催促她回去，她说送到我们公社的地界再回去，因为那边有条桥是用毛竹捆在一起的，平常就不好走，下了雪就更难走了，所以把我送过桥再回去。到了桥边，那桥确实很滑，我也不敢走，所以还是她搀扶着我过了桥。此时，我坚决不让她再送了，于是她给我指了一条比较宽的大路，又把藏在她衣襟里的那个小布包拿了出来送给我。她告诉我里面是早晨她母亲为我煮的山芋，怕我路上肚子饿。等我走出一段路后转身回头看时，只见女孩子还站在桥那边望着我，我朝她挥挥手，她这才转过身回去了。

那天女孩子送我时也忘了问她们家是什么大队什么小队，连她的名字也没顾上问，只记得晚上她母亲叫她烧火时似乎喊她珍珍，大概这就是她名字中的最后一个字吧！当天回到医院后，第二天我就被安排到一个医疗点去了，这一去就是半年，待等我再去那天晚上住的那这家人家时，却再也找不到了。不过，那女孩伫立在桥头的样子我一直未能忘怀，她给我山芋时包的那块包布还一直保留在我身边。

岁月流逝，光阴荏苒，在茫茫人海中，我再也没有遇见那一家好心的祖孙三代了。我一直在心中默默地为她们全家祝福。这么多年了，我想在我刚踏上社会时邂逅的这一家应该生活得很好吧，当年的女孩也应该是儿孙满堂了。但愿好人一生平安。

岁月留痕

悠悠岁月

铭刻着多少尘封的往事

溶溶月光

映照出心中无尽的思念

一叶扁舟

漂泊在粼粼碧波

流水的浅唱低吟

唤起当年多少柔情

初识张从元先生

那年，我参加工作才一年多，卫生局抽调一些医务人员检查血吸虫病治疗病历，我被派到 ×× 地区医院检查。那年月农村交通很不方便，从我工作的地方到 ×× 镇需乘坐三个半小时的轮船，再转乘一个小时汽车才能到达。我到 ×× 镇已是傍晚，于是就找了家旅馆住下。吃过晚饭，旅馆茶役领了一个人到我房间，这人五十多岁，高高的个子，头上光秃秃的没有一根毛，头皮在灯光下闪闪发亮，可眉毛却老长老长，两只眼睛眯成一条线，好像老是在笑，给我的感觉就像个老寿星的模样。茶役给我介绍说，这是张院长。张院长热情地和我边握手边说："听说你来，我去汽车站，没有接到，很是抱歉。"我也客气了几句，接着张院长就和我商量第二天如何检查，并闲谈了一会。从闲谈中我得知张从元院长早年毕业于江西医专，本着服务桑梓的愿望回到家乡悬壶济世。中华人民共和国成立初期他与当地的一些医生组成联合诊所，当时联合诊所的台条凳椅都是各人从自己家中凑出来的。1958 年在联合诊所的基础上建立医院，他当选为院长。张从元先生对我的态度以及讲话的语气使我这初出茅庐的小字辈解除了拘束。临走他给我安排好了第二天的早餐就下楼去了。我关上房门正准备洗漱睡觉，又听得房门上“笃笃笃”三声，一开门看见老先生拎了只马桶站在门口。我正要接过来，他却一直要给我拎到床前，边抱歉地对我说：“乡下旅馆条件差，房间内没有卫生间。”这真令我感动万分。

第二天到了医院，张院长把我领到他门诊室隔壁的办公室，只见办公桌上已经把一叠病历整整齐齐地安放好，还准备了一叠纸、一支圆珠笔和一支铅笔，还没忘泡了一杯茶。张院长的门诊病人很多，因是相邻隔壁，所以不时传来他门诊室的动静。他看病时的耐心真让人钦佩，开好处方，叮嘱病人配好药后还要回到他那儿，让他把处方和药对一遍，再向病人交代服药或打针的方法。病人临走前还要叫病人复述一遍，一点不错再放行。

病历查了两天，结束后，他把负责治疗血吸虫病的几位医生叫来与他一起坐下来，请我把病历中的问题一一指出。在场的都是年纪比我大、资格老的医生，从走出校门我还从未在这么多前辈面前讲过话，更不用说要当面指出他们书写病历上的问题了。开始时我讲得结结巴巴，张院长用鼓励的目光望着我，使我渐渐平静下来，讲得也比较有条理了，老先生戴着老花镜很认真地记录。汇报结束后，老先生很诚恳地向我道谢。第三天一早他亲自把我送到汽车站，汽车启动时我还看到张院长在不停地向我挥手，这一别就是二十年。

二十年后，我被调到 ×× 中心医院（就是张从元先生当时任院长的 ×× 地区医院）当院长，上任伊始，我就去拜访他，当时他已退休在家，虽然已到耄耋之年，但仍精神矍铄。当听说我调来任院

长时，他非常高兴，不仅详细地给我介绍了医院及当地的情况，还对我如何开展工作提了好多建议，使我在后来的工作中得益匪浅。

张从元先生已去世多年，他那诚恳待人接物的态度和对病人极其认真负责的精神永远深深地铭刻在我的脑海里。

段院长

屈指算来，这已经是三十多年前的事了，那天上午天气十分寒冷，课程表上排的是内科，由内科主任医师段荫琪副院长讲授。随着最后一声上课铃声，一个胖胖的不高的身影出现在讲台上，他那炯炯有神的大眼睛向我们扫视了一下，然后用铿锵有力的声音开始了讲课。那天讲的内容我已记不清了，但是在讲课中他反复讲的一句话三十多年来却一直萦绕在我的耳际 :“你们要好好念书，将来当个好医生。”说来也真不好意思，上到第四堂课时，我早已是饥肠辘辘，加上天气寒冷，真是饥寒交迫，再也安不下心来“好好念书”了。就在此时，突然听到叫我的名字，我条件反射地站了起来，呆若木鸡，原来他在按点名册提问呢！由于刚才只顾着早些下课吃午饭，思想开了小差，所以他刚才讲的什么我是一问三不知。他很威严地看了我一眼，又说了一句 :“不好好念书，将来有本事给病人看病吗？”当时我真羞愧得无地自容。在 20 世纪 60 年代初期，副食品十分匮乏，一个月三十二斤粮食对我们这些连石头也能消化的青年人是远远不够的，但从此后，我总是克制着强烈的饥饿感，努力学习，准备当个好医生。

毕业实习了，听早一年毕业的同学说，星期六段院长查房要当心些。于是我在星期五晚上把我所管病人的病历及各项辅助检查结果背得滚瓜烂熟，第二天查房时我对答如流，这时我看到了他那经常铁板的脸上居然也浮起了淡淡的笑容。有一件事至今还令我记忆犹新，那是内科实习即将结束的时候，我的带教老师把我叫到病房，我一看，段院长在病床旁，因那天不是主任查房，我觉得挺奇怪。这时听见他很生气地问："这是谁注射的？"当听说是我这个实习医生注射的才未说下去。他交代护士抽了稀释的普鲁卡因，亲自为病人在静脉注射外漏引起的局部红肿处进行封闭治疗。最后他说："医生也要有过硬的静脉注射技术！"此后，我不管到什么科实习，总争着为病人做静脉注射，练就了一手好的静脉穿刺技术，在二十多年农村医生生涯中确实得益匪浅。作为一个听过他的课、跟他查过病房的学生，虽然接触机会不多，但他那严谨的治学态度、为病人极端负责的精神却给我留下了非常深刻的印象。

不幸的是，在 1966 年初，段院长带了一个医疗队下乡巡回医疗时，为救一个掉下河的护士牺牲了。三十多年来，每当我回忆往事时，对好多教过我书的老师的面容都模糊了，但段院长的容貌却依然是那么清晰。有时晚上值班，本想偷懒早些睡觉，刚闭上眼，段院长那铿锵有力的"要当个好医生"的声音又回响在耳际，于是翻身坐起，把病房里的病人再仔细检查一遍。直至今天，我还不免为他的盛年早逝感到悲哀。他早年对我的教导，以及后来舍己救人的行动永远铭刻在我的记忆中。

流年碎影

那是一次沉闷的旅行，说它沉闷，原因有三：其一是旅程时间长，要两天三夜，而且是慢车，每个小站都停；二是孤身一人，没有一个旅伴，真可谓茕茕孑立，形影相吊；其三是上车时正赶上江南落花时节，阴雨连绵，从心底里感到烦。车过徐州，下去一大批旅客，原来嘈杂拥挤的车厢清静了许多。我拿出一本书，看着看着，迷迷糊糊地睡着了。也不知过了多久，火车又停靠在一个不知名的小站，上来一批旅客，他们肩挑手提，都带了不少行李，看样子像是农民。列车员吆喝着小心别把扁担戳到玻璃窗上。我对面的座位上也上来一位五十多岁的老伯，穿了一身灰黑色的旧中山装，头上扎着一块脏兮兮的白毛巾，说它"白"，也真是抬举了它，因为它实在是已经很黑的了。那脸也和毛巾一样，灰不拉儿的，布满了深深的皱纹，两鬓斑白，颧骨高耸，只是那眼神，我觉得似曾相识。他把一个藤篮放到行李架上，坐下朝我一笑算是打招呼。我打开书，低头继续看下去，但总觉得对面有双眼睛在端详我，于是我抬起头，朝他看，终于他惊喜地叫了出来："光明！"这熟悉的声音也终于使我认出了我的老同学张鹤龄，可无情的岁月让他产生了如此大的改变，要不是面对面坐着，那么我无论如何也不能把面前这个农民"老大爷"与当年潇洒风流的翩翩少年联系起来。

这次火车上的不期而遇离我们从学校毕业各奔天涯已经二十六个年头了，那年他去火车站送我，列车徐徐开动了，他还站在月台上对我挥手的景象恍如昨日。他与我同宿舍，他睡上铺，我睡下铺（本来我睡上铺，他怕我睡相不好，会跌下来，就和我对调了一下）。虽然他只比我大三岁，却比我成熟得多，所以我把他当作大哥，他把我当作兄弟相待。当年我们每月要到学校农场劳动两天，我人小，没力气，步行到农场得一个多小时，早把我累得够呛，何况肩上还要扛着一百多斤重的担子，这对我实在是沉重的负担。于是，每次他都把扛绳向他那边移，直至再移过去他就不能再走路的程度。他这人多才多艺，对文学颇有造诣，常在报纸杂志发表一些散文、小说，得了稿费就请我们吃"高级饼"（困难年高价出售的糕点）。最让人歆羡的是他的文艺天才，尤其拉得一手好二胡。秋天的夜晚，皓月当空，银辉洒地，在宁静的校园里，婆娑的树影下，听他演奏那如怨如诉的二胡独奏曲《二泉映月》和《江河水》，不由得令人潸然泪下。虽说他生长在北方山区农村，却长得一表人才，所以很受班上女同学的青睐。特别是一位部队来的女同学，是部队高干子女，人很漂亮，瓜子脸，大眼睛，双眼皮，可惜皮肤稍黑些，班上一些好事的男同学送她一个雅号"黑牡丹"。就是这位女同学对他很有"意思"，据同学们推测，两人将来很有可能结为秦晋之好。我们班上的班长姓贲名白，平日为人很差，大家给他个诨名"笨伯"（这

位老兄在读书方面也确实笨），他一直一厢情愿地追求“黑牡丹”。这女同学人长得漂亮，但也够泼辣的，有次在“笨伯”向她献殷勤时当场叫他下不了台去。此时恰巧给我看见，出于对我大哥的维护，我故意在旁边念苏东坡那首《蝶恋花》:“笑渐不闻声渐悄，多情却被无情恼。”这“笨伯”还直恭维我写得好，叫我抄下来给他。那“黑牡丹”柳眉倒竖，骂我“小鬼头、调皮”。虽然“黑牡丹”对张鹤龄情有独钟，不过据我的观察，张对她却保持着一定的距离。我曾对他说，人家一个高干子弟，人又长得那么漂亮，能看得上你真是你的福分，怎么还爱理不理的样子？他叹了口气，摸摸我的头说：“你不懂。”但不久我就懂了。一天，传达室通知他外边有人找，他出去后当天没有回来上课，晚上也没回来。第二天他给我们带回来好多地瓜、花生、红枣，大家吃得津津有味，可他却是闷闷不乐的样子，我也没去细问，只知道这些东西都是他家里人送来的。星期六晚饭后，他约我出去走走。那是一个春风荡漾的晚上，银色的月光温柔地照耀着大地，树上的嫩叶在微风的吹拂下窃窃私语。一路上，他把他的身世详细地告诉了我。他的家乡很穷，却也出了一个举人，就是他的曾祖父。考中举人后家门口可以竖旗杆，所以他们那个村庄就叫“旗杆屯”。他父亲是小学教师，1958 年被定为“右派”，一直郁郁不得志，所以把希望都寄托在这个独生子身上，起名鹤龄，有鹤立鸡群和长寿的意思，同时他还有个表字——“鹏飞”，希望他的儿子能像大鹏展翅飞翔。山区农村有早婚的习惯，十八岁就与比他大两岁的远房亲戚的女儿结了婚，还有了个女孩。那天就是他妻子来看他。

我们班上的同学大家都非常喜欢他，这倒不是困难年间他常常从家里带山乡的土特产给我们吃的缘故，主要是因为他聪明好学，为人正派，又乐意助人，爱打抱不平。当时，学校的食堂事务长居然在同学们的口粮上打起了歪主意，蒸饭盒里的米总要被克扣一些，结果被他和班上的几个同学发现了，于是他们联合其他班上的同学大闹食堂，校方不得不把事务长免职。有个学期我生了场病，生病期间他对我细心照料，病好后我回家休养，返校后发现我一直很担心的课堂笔记都由他给我抄好了。

呜呜的汽笛声把我从回忆中拉回来，我望着面前的他，早年的风采已荡然无存，那人世的沧桑深深地烙刻在他脸上的皱纹里，他那不幸的遭遇令人扼腕不已。离开学校后，他在当地医院当医生，开始还不错，后来碰到一件事，他的噩运就开始了。那个医院的院长不学无术，品质又恶劣，与医院的女会计关系暧昧，也不知哪个人反映到了卫生局，局里派人来调查，院长怀疑是他反映的，于是处处给他作难。文化大革命开始后，因为他在当地已小有名气，于是被当作“反动学术权威”同那位“走资派”院长一起被批斗。“四人帮”垮台后，他的问题总算得到了平反，但已身心交瘁。在他“劳改”的那几年，他妻子一个人带着三个孩子也不知怎么过下来的。两个大的是女孩子，没能念上书，都嫁给了当地的农民，只有儿子还小。我不无责备地对他说，为什么要生这么多孩子，他苦笑着说，因为头两个是女儿，农村里挺封建的，他又是独子，所以非得生个儿子传宗接代不可。说着说着，他的眼神渐渐黯淡下来，声音也越来越低。我问他毕业以后“黑牡丹”有没有与他联系过，他说来过一封信，寄来一张照片，照片后面还写了两句词：“两情若是久长时，又岂在朝朝暮暮。”他把信与照片都珍藏着，不想有一天给妻子看到了，被她撕得粉碎，还与他大吵了一场，从此以后就杳如黄鹤，再无音信了。他告诉我，半年来常感到上腹部饱胀不适，人很消瘦，在当地医院看了几次也没什么明确的诊断，这次是去北京 301 医院找他父亲当年的学生。这个学生参军后读了军医大学，分配在 301 医院工作，如今已是外科主任了。

火车减慢了速度，北京站到了，他给了我一个地址，久久握住我的手，最后提起藤篮下了车，我送他到月台上。车开了，他不住地向我挥手告别，直到他那瘦弱的身影从我的视野里消失。不想这一别，竟是永诀。大约是这次分手后的四个多月吧，有一天我收到一封信，信是他儿子写的，告诉我他的父亲已去世，父亲临死前要他把他的死讯告诉我。接到这个噩耗，令我唏嘘了好久，并立即从邮局汇去二百元钱。

鹤龄离我而去已整整十年了。每当回想起我的青年时代，这个同窗好友的音容笑貌就会浮现在我的眼前，我为他的早逝感到惋惜，为命运对他的不公嗟叹。这么一个多才多艺的人，不仅未能创造他辉煌的人生，反而过早地离开了人世，岂不哀哉！

又：当年我为他作过一篇短短的祭文，现抄录如下，作为对他辞世十周年的纪念吧。

年月日，某闻汝丧之三日，衔哀致诚，略具薄奠，告慰君在天之灵。忆君当年，年少倜傥，风流蕴藉，任侠使气，存大志，诸同学咸以为必成大器者。惜乎命蹇运踬，遭谗身陷囹圄。冤狱虽平，复被病魔所侵，赍恨而殁，寡妻弱息，伶仃孤苦，悲夫！

昔与君亲如手足，数十余载，未曾忘怀；君之风采，亦长留脑际，遽尔逝去，令余肝肠寸断。呜呼，言有穷而情不可终，君知其否？哀哉！尚飨！

笔店阿娘

在漫长的人生旅途中，每个人都会遇到各式各样的人，其中大多数人不会让你留下深刻的印象，包括那些可能曾经叱咤一时的风云人物，他们可能曾经在你的脑海里偶尔泛起一阵涟漪，但只不过是一阵而已，然而，也可能有些人将会永远铭刻在你的记忆中，令你魂牵梦萦。在我的童年时代，也有这么一个名不见经传的小人物，一直留在我童年的回忆中。直到现在这样的一个小人物——笔店阿娘的形象，仍不时会映现在我的眼前。

说来也惭愧，从小就一直叫她“笔店阿娘”，然而从未问过她叫什么名字，所以时至数十年后的今天来写这篇回忆她的文章，仍然只能以“笔店阿娘”名之，着实有些不敬。

笔店阿娘和我家是对门邻居，我对我从未见过面的祖母的形象还是出自她的描述。据笔店阿娘自己说，她的祖上在浙江湖州，上代以制笔为业，后来举家迁来常熟，开了一爿小小的笔店，那笔店的招牌是“张文臣笔店”。我对阿娘留下印象时应该是八岁，一个很矮小的老人，脸黑黑的，眼袋很深，长得一点也不好看。有次我二姐笑她脸黑，阿娘也不生气，对我二姐说：“想当初，我也是细皮嫩肉、雪白粉嫩，的括啦好。”（阿娘有句口头禅“的括啦好”，不知是什么地方的方言，反正不是常熟本地的。）最特别的是阿娘那双三寸金莲的小脚，走起路来颤颤巍巍，我真担心她哪一天会被大风吹倒。有一次我看见她在洗脚，就问她：“阿娘，你那脚怎么那样小？”她就把小时候，她娘如何给她缠脚以及缠脚的苦处告诉我。据我后来的领会，阿娘应该是个小家碧玉，娘家的家境还好，所以小时也读过几年私塾，识些字。她娘也是小脚，听阿娘说，好像女子不缠足，嫁不到好人家；不过从我后来的观察，她嫁的丈夫家境却甚差。

因为是数十年的老邻居，阿娘从年纪上又是我们的祖母辈，我父母亲又无长辈住在一起，所以阿娘就很自然地与我家很热络。每个学期开学，笔店阿娘总给我们四个在读书的兄弟姐妹每人送一份笔墨，那毛笔的笔杆上还刻着“张文臣制”。阿娘的丈夫是个红帮裁缝，中华人民共和国成立初期，红帮裁缝很不吃香，找他做衣服的人很少，笔店的生意又不好，所以阿娘家的生活很拮据。他们的独生子都三十好几了，仍没讨上老婆。不过阿娘对人很有同情心，每次叫花子上门，总会给盛上一碗饭，搛一筷菜在上面。有几件事，至今回忆起来，还让我对阿娘感激不尽。中华人民共和国成立后，由于我父母对党的政策不了解，又听了一些坏人的宣传，所以一度出走到上海，把五妹寄到了乡下她奶妈家，把最顽皮的弟弟带在身边，家中就剩下我和两个姐姐。当时一些亲朋故旧对我家犹如见了瘟神一般，唯恐避之不及，多亏阿娘常来照顾我们。那时候我在石梅小学读书，每天中午在阿娘家吃中饭。阿娘家烧的是麦片饭，但她总在未把麦片与米饭混合之前，先给我盛好一大碗米饭。冬天中午回来，还给我准备一只手炉和一只脚炉，给我烘手烘脚。特别令人难以忘怀的是我父母亲离常熟时曾把一些细软寄放在阿娘家，后来我父母回来时都完璧归赵。而我家的一个亲戚，曾经向我们家借过一笔为数不小的钱，有个学期开学时，因为我姐弟三人的学杂费、书费没有着落，阿娘颠着一双小脚，陪着我大姐和我一起去那家亲戚家要些钱。可我那亲戚却对我们冷若冰霜，只顾吃饭，他老婆一边啃着鸡腿一边向我大姐诉苦，结果分文未要到，只好饿着肚子回来。一路上，阿娘直骂我家的亲戚良心给狗吃了。后来还是阿娘卖了她一对金耳环，帮我们交了学杂费和书费。所以后来我母亲常讲："你们姐弟几个能有今天，不可忘了阿娘。"由于父母不在家，派出所夜间还常来查户口，查问他们的下落，把我们吓得半死。那位老太太居委主任对我们也很歧视，阿娘却不怕她。因为阿娘家成分是"城市贫民"，所以常为我们和她吵。后来，那位老太太的丈夫不知怎么后来查出来竟是个历史反革命，一天晚上被捉进去吃了官司，老太太的居委主任也被撤掉了。

笔店阿娘的家庭很不幸。先是阿娘的丈夫，那个人高马大的裁缝，得了嗝气，老是吐，不久就去世了（现在想来，裁缝可能患的是食道癌）；阿娘的儿子好不容易娶了一个外地寡妇，还生了一个女儿，但她的儿子不久就患了"肺痨"死去。阿娘本人也在我上初三时突然去世，阿娘媳妇把笔店卖了，带着女儿回了原籍。我们兄弟姐妹也各自成家立业，离开了老家。

前几年，我们老家那条街道拓宽，有一天我专程去我小时候住的地方看了一下。我家住的老屋已被夷为平地，笔店的房子也拆剩

了屋架。在感叹城市发展的同时，我不禁怀念起那遥远的过去，怀念“笔店阿娘”那一辈人。

小猫咪咪

说实在的，我一向不喜欢猫。其原因有三：一是小时候有一天早晨，母亲高高兴兴从市上买了一条颇大的鱼，说晚上回来烧了吃，叫我放好别叫隔壁人家那只馋嘴猫叼走了。于是我很小心地把鱼挂在屋梁的钩子上，总想是万无一失的了，哪知晚上放学回家，只见地上滚着一个千疮百孔的鱼头。母亲回来一看很是生气，把我骂了一顿，那天的晚饭只好吃素，这使我对偷食的猫儿从此就没了好感。二是有次我到一位朋友家去，朋友的母亲养了八头猫，形态各异，大小不一，其中一头通体雪白的波斯猫，一对金银眼盯着我，我想是否它对我比较友好，就伸手想去摸摸它的头，不料我的手还未碰到它一根毛，这小畜生竟然伸出它尖尖的爪子把我手上拉了一个口子。从此以后，我对猫就望而生畏，退避三舍了。三是听人说猫叫春时特别令人讨厌，有位养猫的行家形容猫的叫春是声嘶力竭，惊天动地，于是又使我对猫先生多了一分恐惧。

然而如今我却一反初衷，养起猫来了，这猫就是咪咪。说起这咪咪的来历，它不是我请来的，而是它那不负责任的母亲叼来的。大约一个多月前吧，一天清早，我突然听到园子里很微弱的咪咪声，循声望去，竟是一只身长不过十来厘米的小猫。那小东西眼也没睁开，站也站不稳，可怜兮兮地抖个不停。我不免起了恻隐之心，专门买了条鱼熬了汤喂它，不想它却一点不领情，一口不吃。我忽然想起不要这小家伙还不会吃奶吧，于是就用针筒抽了牛奶一点一点灌下去。晚上我把它装在盒子里放在场上，希望母猫能把它带走。第二天一早，我一看小猫躺在盒内呼呼大睡，这样，我只得代替猫妈妈每天给它灌牛奶。过了一个星期，这小猫眼睛也睁开了，也能自己吃东西了，看来这小东西能立足在世界上了，我想我的任务也完成了。一天晚上，我把它带到小区外面，一个人悄悄地回来了。不想第二天早晨才把门打开，这小东西对着我咪咪咪叫个不停，我想这下可糟了，看样子它是想赖在这儿不走的了，在打听了好多人家都无意收养它的情况下，只得把它留了下来。随着时光流逝，这家伙倒也长得一表猫才，黄白相间的毛色，拖着一条长长的尾巴，颇为可爱。而且它还挺依恋人，不时会伸出它的爪子来抓我，不过把它那尖利的爪子蜷缩起来，成个圆球似的。有时候，它也会发发猫脾气。有一次它居然用爪子隔着笼子去抓八哥，这八哥也不是省油的灯，张嘴就把它啄了一口，从此它就再也不敢靠近鸟笼了。开始我家两只小狗总想欺侮它，这小东西也不甘示弱，弓起背，虚张声势发出呼呼的声响，但几个回合后，小猫却败下阵来。两条小狗倒也颇具绅士风度，三个小家伙开始和平共处，白天这小猫就像跟屁虫似的，小狗到哪它也到哪，晚上也一起睡在狗窝里。

开始的时候，我真希望有朝一日这小猫能自己离开，可它却从未有离开的打算，居然登堂入室，一直往我的房间内钻。也许是日久生情吧，我对这不速之客也不再讨厌了，并且给它起了个名字“咪咪”。如今我只要唤一声“咪咪”，它就会走到我跟前，两只眼睛直盯着你，那对猫眼的瞳孔有时张得滴溜圆，有时却缩得只剩一条线。

不知在哪本书上曾见过，说是文人都爱猫。英国的小说家兼诗人司各特本来是爱狗成癖而不爱猫的，到晚年却对猫特别钟爱起来，他曾在一篇文章中写道：“我在年龄上最大的进步就是我发现我爱着一头猫，这畜生本来是我所憎恶的。”诗人考伯每到家里，他所爱的一头小猫总是厮守在他的身旁，他曾写信给朋友说：“这是蒙着猫皮的一头最灵敏的畜生。”其他如约翰生、白朗、华尔泊等著名作家也都是有名的爱猫者，平日里与猫为友，非猫不欢。我国文人爱猫者也大有人在，而且留下很多咏猫的诗词，脍炙人口，这里引一首：“房栊潇洒，狸奴嬉戏檐下。睡熟蝶裙儿，皱绡衩。梅已谢，撒粉英一把，将伊惹。正风光艳冶。寻春逐队，小楼窜响鸳瓦。花娇柳姹。向画廊眠藉，低撼轻红架。鹦鹉怕，唤玉郎悄打。”

我非文人，亦非墨客，所以也不爱猫，但看到动物之间能这样和谐相处，看着它们那活蹦乱跳的样儿，真是令人心旷神怡。但愿人与人之间，人与动物之间，都能和谐相处，这世界实在是太美好了。

我知道的常德盛

我叫他“德盛”，他叫我“蒋医生”。

说来话长，我认识他已经四十几个年头了，当时我们都还很年轻。那是一个春寒料峭的晚上，当天是我值班。两个年轻人用一个竹塌抬着一个女病人来看病。那病人高烧已好多天了，送来的时候人已昏迷，我初步做了检查，考虑是脑炎，就建议他们把病人转送常熟人民医院。一听这话，那个带上海口音的年轻人放声大哭，另一位本地口音的年轻人一边挥着汗一边告诉我，病人是他们队里的下放户，病人的丈夫因为历史问题在劳改，家中就母子二人，经济很困难，实在没法转往常熟，求我想尽一切办法就在当地治疗。并对我说：“你只管大胆地给她治病，有什么事也不会怪你。”这样我就勉强把病人接收了下来。此后的日子里，常德盛和病人的儿子小俞相替着陪伴病人。经过治疗，病人苏醒了，她告诉我，她们母子刚来任阳，地陌生疏，举目无亲，小常家中经济也很困难，但还是尽力帮助她们，特别是在她病后的这段日子，病人边说边感激得一直流着泪。在病人住院的一个多月内，常德盛和小俞两个人晚上蜷缩在稻草铺上，替换着服侍病人，常德盛第二天还得步行一个多小时到队里参加劳动。在那个特殊年月里，常德盛这样不怕连累自己，悉心帮助照料一个有问题的萍水相逢家庭的举动实实的令我感动，由此我们也成了朋友。此后他成了大队干部，我有时候到他们大队去治疗血吸虫病以及做其他预防工作都得到了他的大力支持。后来我调离任阳到市里工作，每当我听到常德盛取得一个又一个成就时，总是深深地为他感到欣慰。随着地位的提高，各种荣誉的桂冠纷至沓来，但常德盛还是那样的平易近人，也没有忘记我这个当年的小医生。每次见面，我还是叫他“德盛”，他也总是很客气地叫我一声“蒋医生”，多年来一直如此。自从我参与筹办春晖护理院后，也得到了他的鼓励。

在护理院即将正式启动之际，我想起了这位一直非常关心老龄事业的老朋友，于是，不揣冒昧，专程去蒋巷，请他出任春晖护理院的名誉院长。说实话，他现在知名度这么高，我真有些忐忑。不曾想，当他听完护理院的办院宗旨后，二话没说，很爽快地就答应了。他对我说：“你们做了一件大好事，为老龄事业作了贡献，我们每个人都应该来关爱老人，为老年人的老有所养、老有所医、老有所护、老有所乐解除后顾之忧。”离别时他还一再叮嘱我：一定要把护理院办好，有什么困难可找他，只要他力所能及，一定给予大力支持。

现在春晖护理院已正式开张，病人也已入住。回想当年与他相处的日子，以及大家对他的评价，确实令我钦佩不置。在此，我谨代表春晖护理院的全体员工向我们的名誉院长送上最真诚的祝福！

瞎子阿炳

我这儿所说的阿炳可不是那位以一曲二胡曲《二泉映月》闻名遐迩的民间艺人华彦君，虽说他们俩都叫阿炳，也都是盲人，却是风马牛不相及。说来也真惭愧，我与阿炳打了多年交道，竟然连他的尊姓大名也没请教过，只是跟着大伙叫他瞎子阿炳，他也习以为常，有时光叫他阿炳还不知道就是叫他哩！

记得那是文化大革命后期，南京工人医疗队来我们医院开“痞块”，这是乡下农民的讲法，实际是由于罹患晚期血吸虫病肝硬化导致的脾肿大。手术过程中往往需要输血，当年还没有血站，甚至连人民医院也没有血库，碰到需输血得临时喊人，因为当时没有义务献血，喊来的就是卖血的人。在卖血人中间有个头，只要与这个人联系，什么血型的人都能找来。我们这儿以往没有开展过手术，也从没输过血，所以没有卖血的这支队伍；再加当地农民认为抽了血会影响身体，干不了重农活，虽经再三动员，可应者寥寥。正在我们为血源伤尽脑筋的时候，化验室的小周听相邻医院的化验员告诉他，他们那儿有一帮人经常出来输血，他愿意把他们介绍给我们，于是这血源问题就这么得来全不费工夫的顺利解决。此后我们做了三百多例脾切除手术和其他手术从没有因为血供不上而发生任何意外。这帮卖血人中间的头居然就是瞎子阿炳。阿炳之所以成了他们中间的头，一则他是孤家寡人一个，有的是空时间，眼睛又是瞎的，成天坐在茶馆店内，找他方便；二来他与这些卖血人都熟，阿炳又是个热心人，所以无形中就把这通知输血的事交给了他。阿炳也确实不负重托，从没误过事。

我第一次见到阿炳那天，他来输血，病人是B型血，阿炳也是B型血，手术前我去化验室核对病员与输血员之间的交叉反应，当时看到化验室门口坐着一个四十来岁的男人，个子不太高，胖胖的脸，好像闭着眼在打盹。小周告诉我当天手术配的血就是这个瞎子阿炳。我仔细打量了一下，才发现我原本误以为他在打盹，实际上他两个眼眶都是塌陷的，里面没有眼珠子。当天那个手术不太顺利，手术时出血很厉害，由于事先估计不足，只叫了阿炳一个人，事出仓促，只好让阿炳多抽了些血。那时候晚期血吸虫病开脾脏的费用都由国家报销，卖血的人凭医生出具的用血证明到会计处领钱。手术结束后，我给他写好证明，考虑到他是瞎子，所以我直接去领了钱交给他。他一面表示感谢，一面用手中那根拐杖戳戳地对我说，其实他自己能摸到会计室去的。

与阿炳几次接触下来，我发现他还认得不少字，说明他不是从小就瞎的。从其他卖血人口中得知，阿炳的遭遇很惨的。那还是阿炳十八九岁的时候，他们村上一个小青年用火铳打鸟，不知怎么就把路过的阿炳打中了。那火铳的力道是很大的，阿炳的头颈上打满

了散弹，后来虽经医院抢救捡回了条命，双眼却瞎了。那家闯祸的人家开始每个月还补贴阿炳一些生活费，后来阿炳父母相继去世，那家人家就不再管他，那时大家都没法制意识，事情就不了了之。以后阿炳就靠卖血为生，慢慢地就成了卖血人中的头，不过这与后来报上揭露的地下采血站的黑血头不同，阿炳完全是尽义务的。阿炳穷虽穷，但挺讲义气，每次有人来输血，他都陪着来，有时同来的人没有输到血，他却输了，于是就要请那人去小饭店吃一顿。最令我不能忘怀的是有一年冬天深夜，有个产妇大出血，急需B型血，医院里凡是同型的人都抽了血，可病人还得输，这深更半夜的可到哪儿去找人呢，百般无奈之下，好容易找到阿炳常去的那家茶馆的电话，通知了阿炳。阿炳请人用自行车把他送过来。产妇终于转危为安，当时家属还拿不出输血的钱，阿炳说那就欠着吧。后来听人说，那家人家实在是穷，欠阿炳的钱也一直没还上。

有的卖血的人比较滑头，临抽血前就大量喝水，认为这样可稀释一下血，抽同等量的血，损失就小些（实际是误解）。阿炳从不这样，而且假如第二天来输血，隔天晚饭就不再吃荤的、油腻的食物了，说是怕吃荤后输血病人会有反应的。

医疗队撤走后，我继续把手术开展起来，好几次急需用血都是他帮我解决的，所以阿炳对我来说是功不可没的。

20世纪80年代初，我调到阿炳所在那个镇上当医院院长。上任第一天，医院传达室的老钱到我办公室说有个朋友来看我。我心下嘀咕我新来乍到，这儿怎么会有朋友呢？不一会，听到走廊里传来笃笃笃好像拐杖敲击地面的声音，走出办公室一看，原来是阿炳，旁边还跟着一条大黄狗。阿炳老了，满头白发，原来胖胖的圆脸变成像根吊长丝瓜。我问他怎么知道我调来这儿，他说他眼睛虽然瞎了，耳朵可不聋，听人说从旁边乡里调来一个姓蒋的当院长，一猜就是我，所以要紧来望望我。我问他这几年境遇如何，他摇摇头，自从建立血站后，血站统一招收献血员，因为他年纪大了，所以不能再输血了。幸亏小时候学会编篮筐的手艺，以此勉强维持生计。也亏平日人缘好，常有朋友接济接济他。我与阿炳聊了好久，那条黄狗坐在阿炳脚旁一动不动，也不叫唤。我问他这条狗的来历，他告诉我，有天他与一个朋友输完血回家的路上，碰到几个顽皮的小孩用草绳套在一条小狗的颈脖子上，边走边打，小狗被打得汪汪直叫。那朋友起了恻隐之心，把小孩子赶跑，又劝阿炳把小狗收留下来也好做个伴，于是这小狗就在阿炳身边长大。阿炳说它很听话，不管他到哪儿，它总是一步不离，阿炳也把它当作孩子一般，从不让它饿着。阿炳来那天，天气很冷，我看他衣服很单薄，就把一件半新的大衣送给了他，他也没多客气，当场就穿上了。后来我听人告诉我阿炳逢人便说我好，说我一点架子都没有，还很看得起他。

在我任期内，阿炳常来我办公室坐坐，但他很识时务，只要听到有人来谈事情，就起身要走。有时我告诉他没关系，只管坐着吧，他就静静地坐着，从不打岔。有时我叫他就在食堂里吃个便饭，他也不推辞。有一次他来我办公室坐了很久，一直不提走的话，我说阿炳你有啥事不，他嗫嚅了半天，才吞吞吐吐地说实在手头紧，能不能借几十块钱，救救急。我当即给了他三十元钱，他千恩万谢地去了。过了个把月，他先来还了我二十元，说还有十元再欠一欠，我说就不用还了，他说那哪能呢。不久我调到市里工作，与阿炳就失去了联系，听医院的人说阿炳还去医院找过我。

前年医院里请我们这些老院长去医院团聚，我问起阿炳，大家都不知道。后来还是化验室的老钟想起来说听退休的化验师李老师

说起过，阿炳已去世多年，因为他没有亲属，后事还是村里给办的。我不由感到一阵辛酸。老钟还说那条与阿炳相依为命的大黄狗在阿炳死后就不吃不喝，有天夜里叫唤了半夜，第二天人们发现它死在阿炳的坟头。

在我刚开始走上外科医生的岗位时，我得到了很多人的帮助，其中也有阿炳。至今我还一直未能忘怀这样一个名不见经传也没留下名姓的朋友。

漫步在林中小道

我家的阳台下面是一个小小的池塘，越过池塘后面的丛林就是一条林中小道，透过小道两边的丛林，一边可以看到稀稀朗朗的房屋尖顶，另一边是连绵不绝的森林和丛林中不时现出的一个个大大小小的池塘。池塘边露柳烟篁，动摇堤岸。清澈的小池塘在阳光照耀下闪烁着星星点点的光，大的池塘里有喷泉，高高的水柱射向天空，在阳光的折射下形成一道彩虹，池面一群野鸭嘎嘎地张着翅膀时而腾空飞起，时而潜入水中。偶然有一两只白鹭挺着两条修长细腿站在池边上，睥睨着野鸭，摆出一副不屑与伍的神态。这条林中小道苍松夹道，青霭虬盘，是我经常散步的好去处。清晨，林中雾茫茫的笼罩着白色的烟雾，当蔚蓝色的晨曦刚刚从遥远的东方地平线升起，那原来弥漫在林中的轻纱薄雾渐渐地被晨风吹碎了，飘绕着、盘旋着，像缕缕轻烟袅袅上升，消散在清晨的阳光下。树林在璀璨的朝霞的照耀下披上了金色的外衣，遍地青翠的草叶上和花儿

的花瓣上颤动着晶莹的露珠，在阳光下闪耀着五彩斑斓的瑰丽色彩。鸟儿刚从睡梦中醒来，站在枝条上昂着头，抖着翅膀争相卖弄其婉转的歌喉，悦耳的歌声如行云流水般流淌在清新而有些湿润的空气中。啄木鸟也开始不知疲倦地用它的喙敲打着树干，发出笃笃的声响。轻风拂面，树叶的清香夹着野花的浓郁香气冉冉飘散在空中。松鼠在树枝中跳跃，这小东西居然胆大妄为到竟敢在我脚跟前旁若无人地啃着松果。野鹿三五成群地穿梭在林中，这家伙个儿虽大却很胆小，一有风吹草动就撒开四蹄狂奔，转瞬就消失得无影无踪。林中很少有人来，偶尔有一两位美国老太太牵着狗在小路上溜达，看见我总是举起了手打招呼。我也用半生不熟的英语回应，而且总不忘记把她的狗夸上一夸，这让老太太十分高兴，就更加兴致勃勃地与我攀谈起来。这下南郭先生的真面目就暴露无遗了，我只好老实说“I don’t speak English”，于是就“Bye bye”。

漫步在静谧的林中小道，岁月流逝的风，吹起陈旧的记忆，思绪飞扬，轻拂开紧闭已久的心窗。在遥远的童年，我家的后面也有一个池塘，池塘的边上也有一条小路，路的两旁种满了树，小路一直延伸到很远很远。我的老保姆有时带我去她家，就走这条小路，不过多数时间都是她把我驮在背上，往往我就在她背上睡着了。至今回想起来，那真是无忧无虑的童年。陪伴着我童年的还有那些小伙伴，我们常常避着大人到池塘边上去逮蟋蟀，捉青蛙；有时他们还偷偷地把我带到他们小路边上的家里去，回来时肚子里装满了农家的瓜果。小伙伴还会给我一个竹竿做的独轮车，每人推着这一个车子在小路上奔得满头大汗，浑身湿漉漉的，所以不敢从大门回去，而是从后门偷偷地溜进去，让老保姆把我弄得干干净净的去见父母。好在我母亲把我托付给保姆们后，基本也不太管我了，所以倒也一

次没发现我到外面去撒野。现在只留下了童年时淡淡的记忆，对我最好的老保姆早已回到了她信奉的西方极乐世界了，小伙伴们也星散杳无音信。去年冬天辗转总算联系上了一个小时的玩伴，在我再三邀请下，才在他女儿、女婿的陪伴下来我家做客，但往昔的少年成了一个皤然老翁，与他讲话时得把音调提高八度，还不时需要他女儿在旁翻译给他听。人们常说十年人事小沧桑，何况隔了这么几十年呢！今日的苍苍白发，已非张绪当年，寂寞红颜，讵冀玉箫再世。对童年中的这条小路记忆还比较深的是每年清明，我们一家浩浩荡荡地坐了轿子沿着这条小路去我家义庄。义庄附近就是祖坟，在老祖宗坟前磕过头后就去义庄里。这义庄很大，里面住了不少家族中的穷亲戚，他们既是看祖坟的，又是义庄的佃户，可却是与我们共有一个老祖宗。我们去时可忙坏了这些穷本家，为我们准备了丰盛的饭菜和各式礼品。对义庄实在没什么概念了，要说印象最深的就是义庄里有一间大房子，里面放了好些红漆和黑漆的棺材，阴森森很怕人的。据说是家族中有人死后，小辈舍不得马上下葬，就暂厝在这义庄里几年。所以我们小时候也要去这些棺材前磕头。听我95岁高龄的舅父告诉我们，光是义庄田就有一千多亩，想来也真可笑，大家都是一个老祖宗，可族里的穷人还得向族里的富人交租税，拍马屁。义庄经过几十年的变迁，连同祖坟早已无影无踪了。想起小路，又不由得想起小时居住的老宅来，对老宅依稀还有些印象，当年它以三层楼高的主屋及鳞次栉比的房屋及占地十来亩的花园这样一座庄园傲立于旷野中，可真出足了风头。这老宅地在中华人民共和国成立后做过乡政府，办过农中，开设过医院，后来又住了二十多户人家。偶然从老家来的人告诉我们这老宅早已拆除了，我们也认为都拆光了，有次我出差路经故乡找了个人想去看看我童

年住过的地方，但未能找到。不想，今年春暖花开时节，我们兄弟姊妹在弟弟家聚会时，我弟弟有个同事从一位老人处得知说是我家的老宅还在，于是老姊妹弟兄辗转找到了老宅。不过这老宅与我记忆中的老宅大不一样了，而且只剩下了后面孤零零的一幢楼房，像一位衰颓的老人在春风中细诉当年的风尘往事。当地政府还筑了一道围墙把老宅封起来了，围墙上钉有一块牌子，上面标明了房屋的年代和以前的主人，并有负责保护的人的姓名，原来是作为当地最早的古民居保护起来了，听说当地政府还有恢复此古建筑的打算。这块牌子上还标着这房子名为缺角楼，这倒也新奇，后来问舅父为什么叫缺角楼，舅父就把当初我们家族中的一场钩心斗角的往事细细地陈述了一遍。当时我边听边想，还真可以演绎成一篇小说，同时我也庆幸自己幸亏没有生长在那个年代。看到老屋还忆起童年时一件往事。我总是孜孜巴望着春节的来临，然而大年夜对我这幼小的孩童来说不啻是个灾难。因为大年夜得隆重祭祀老祖宗，晚上有好些道士来搭了高台念经到半夜，我是长房长孙，道士在那儿装神弄鬼之时我也得跟着祖父和父亲一直跪在那儿，弄得我又困又累。而今这凋零的百年老屋与周围的桃红柳绿很不相称，但总算也留住了我童年的一些回忆。

林中小道上还有几顶长长的木桥，架在湿地上，桥的两旁长满了芦苇，从春天来时看到它们已是郁郁葱葱，慢慢地梢头抽出了一丛褐色像高粱似的穗，再后来又变成了一团团白茸茸的芦花在秋风中摇曳。在我们家乡，农家的孩子常穿用这种芦花做的靴子，我小时候也穿过，那可是暖和极了，可惜几十年来再也没有见到这种靴子了。有时我想往往失去了的东西才会令人感到珍贵。

林中的微风轻轻地吹，风从树叶隙缝中荡过来，枝条在轻轻地摇晃，渐渐变红的枫叶和半黄半绿的叶片像一只只蝴蝶翩翩起舞，盘旋着，零落着。望着飘舞的落叶，尘封的往事又泛起阵阵涟漪，曾经的美丽憧憬和甜蜜的梦已然变成不能触及的缥缈和无法涉足的遥远，逃不脱宿命中的前生注定。如烟的往事，洗尽的铅华如风一样轻轻地来，又悄悄地去。沧桑构建的舞台挥手已迷茫，回头尽在秋风里。踏着远离故国千万里的红稀小径，绿茵的芳野，翠叶莺啼。路边的菊花已绽放，脑海中突然冒出黄巢的咏菊诗来：“飒飒西风满院栽，蕊寒香冷蝶难来。他年我若为青帝，报与桃花一处开。”又：“待到秋来九月八，我花开后百花杀。冲天香阵透长安，满城尽带黄金甲。”这位曾经叱咤风云的落第举子和私盐贩子当年是多么的豪气冲天，但一旦英雄末路只能蜷缩在僧院里哀叹：“记得当年草上飞，铁衣著尽著僧衣，天津桥上无人识，独倚栏杆看落晖！”还有位曾名噪一时的初唐四杰之一骆宾王，曾为徐敬业写下气势磅礴的《讨武氏檄文》，据说一代女皇武则天看到“掩袖工谗，狐媚偏能惑主”时不禁掩口而笑，当得知此檄文为骆宾王所写时，还怪宰相未能用此人而感到惋惜，惜才之心溢于言表。徐敬业兵败被杀，骆宾王隐姓埋名，不知其下落。传说，宋子问在杭州灵隐寺赏月吟诗，当吟出“鹫岭郁岩峣，龙宫锁寂寥”正在苦思不得佳句之时，走来一位老僧，听罢宋此两句后说道何不云：“楼观沧海日，门对浙江潮。”接着又吟：“桂子月中落，天香云外飘。”令宋子问大为惊叹。老僧吟罢不复见，后来得知原来是大名鼎鼎的骆宾王，此后未能再有他的踪迹。不过我对此有些将信将疑，因为宋子问也是有名的诗人，而且有次唐中宗在游昆明湖时命随行百官各赋诗一首，由上官婉儿选一佳作谱新曲，结果宋子问胜出，所以我想宋子问未必还要由骆宾王为其续诗。不过，骆宾王毕竟不愧为初唐四杰，在其危难之中

犹能吟诗作赋，不失文人洒脱本色。那隋末的刘黑闼就差劲了，当其兵败被杀临死前云："我本在家锄菜，为高雅辈所误至此。"真是丢尽了草莽英雄的脸。古来英雄末路，不少人遁入空门，就连贵为天子的顺治皇帝竟然为了董鄂妃几次想出家，还留下一首出家诗："黄袍换却紫袈裟，只为当初一念差。我本西方一衲子，缘何落在帝王家。"然而"菩提本无树，机锋肯让于同袍，松柏摧为薪，泡影等观于浮世"，其实心中若有桃花源，何处不是水云间。林中有一个小丘，我登高远眺，但见蓝天下飘着朵朵白云，有的连在一起，像海里翻滚着的浪花，有的似层峦叠嶂，云雀在高空中鸣啭，最后一批南迁的大雁排着整齐的人字形呷呷叫着从我的头顶掠过。正是回首颙望，误几回天际识孤舟，争知我，在异乡正恁凝愁。踏在远离故乡万里的这条林中小道，岁月流逝的风吹起尘封的记忆，无法倒流的时光，带不走岁月的芬芳；年华沧桑，又怎能留住日月的流淌。在明媚的秋光里，微风轻诉着流年。人生匆匆而来，匆匆而去，繁华似流水，恰似一场春梦杳难园。

问君愁能有几许？万里浮云向东飞！

我与"院报"始末

1995年2月10日我单枪匹马到中医院上任，哦，是骑着自行车去的。记得在当天的中层干部会上，蒋局长把局里的任命宣读后，把我的简历也介绍了一下，随后就要我发言，我只讲了很短几句："不才光明，才疏学浅，请各位多多指教。"说实在的，开始局里安排我来中医院，心中甚是忐忑，因自己不是中医出身，而且在卫生局工作多年，对中医院的情况也仅是略有所闻，所以很怕不能胜任，确实是诚恐惶恐地来中医院。其实在1月30日当年大除夕晚上，我就一个人悄悄来中医院各科室转了一圈。到了急诊室见到值班人员围在一起聊天，其中我只认识陈耀荣主任，他大概已听说我要来中医院工作，所以与我聊了一会，后来有急诊病人来我就告辞了。回来的路上，我不由想起1964年的大除夕，大雪纷飞，我走在泥泞的乡间小路上出诊；又想起刚才急诊室值班的那些医生护士，值班条件很差。想想当个医生甚是不易，逢到节日还不能与家人团聚，而且往往越是节日期间，急诊病人还来得多，可是医护人员的辛苦与受的委屈又不能被人们所理解，此时我脑海中突然冒出个想法：医院自己应该有个宣传阵地，让社会了解我们的苦衷。上任后摆在我面前最棘手的一件事是职工的集资款，牵涉面甚大，而这集资当年也是医院领导为了给职工谋些福利才发起的，不想如今连本金都无着落，无怪大家没心思上班。经了各位院领导的努力，这事后来总算得到了解决。在解决此事的过程中，我觉得不仅医院与社会，就是在医院内部，领导与职工之间，职工与职工之间也应该有个交流的平台，于是我在总支会上提出是不是发行一份院报。这个建议得到了大家的赞同，当下请周本善老院长题写了报头："常熟市中医院简报"（当时不称院报而称简报也是我的主意，意思这报不登大雅之堂的），并决定由办公室负责。记得第一期我还写了个发刊词，把办报的宗旨都说了一下，还要求大家来写稿支持。开始时院报每月一期尚能如期出版，但不久就不出了，此中大致有两个原因：一是办公室的同志不太擅长做这项工作；二则无人写稿。我在征得姚君的同意后，就任命他为院报主编兼宣传科长、翁诗人立平兄担当副刊编辑，又请李葆华院长为副刊《百草园》题了字。姚大主编上任伊始，院报就大为改观，医院的大事小事都能在院报上得到报道，特别是立平兄的副刊成了大家竞相观看的版面。现在想来，当年姚大主编办报确实很辛苦，那时还没有电脑打字，这院报得靠打字机一个字一个字打出来。当年办公室的小晏为每期的院报如期出版也费了大量心血。除了姚大主编、立平兄和小晏外，为我们院报立下汗马功劳的还不能忘记小卢。当年他为我们排版，印刷都是免费的。有时为了赶时间如期出版，他与姚大主编都要弄到深夜，如此往复多年，直至我退休时还是由他为我们做义务工。五年前我见到过他，他当时从事的是广告事业，不知他如今在哪里，愿他的事业更加兴旺发达。未到中医院前，还不知道中医院有许多才子、才女，通过院报让我大开了眼界，院报副刊上的文章很多被常熟市报（后改名为常熟日报）转载。我们的院报在社会上也有较大的反响，对中医院起了良好的宣传作用，也博得各方的好评。记得江苏省中医管理局的丁局长对我们的院报就大加赞赏，说是整个省内中医院还没有一家能办出这么好的院报；苏州市卫生局中医科与医政科也对我们的院报予以很高的评价。当时南京中医药大学的黄煌副院长曾对我说，每次收到我们的院报他都要从头至尾看上一遍，他还曾把我们的院报带到日本与当地的华人进行过交流。此后过了好多年，其他医院也办起了院报，无论从版面的大小，还是纸张和印刷都比我们简陋的院报好了不知多少，然而在我的心目中，还是我们的院报好，这也许是瘌痢头儿子总是自己的好吧！

中医院的职工对自己的院报还是很支持的，稿件纷至沓来，其中有位邵君，对院报热情更高，写了很多稿件，但一直未能在院报上发表，对姚大主编意见甚大，在我面前也抱怨过多次。我问姚主编此中缘由，原来此君的文字功底欠佳，他怕降低院报的质量，影响院报的声誉，所以一直未予刊载，我劝他难得此君对院报如此厚爱，把他的文章润色一下发表吧。此后院报上就出现了此君的大名，其中有一篇他把中医院历任院长书记的名字嵌在他的一首打油诗内，令人捧腹。院报上发表了他的文章让他大为高兴，稿件源源不断地送来，这让姚主编无法招架。后来我出了个馊主意，我对邵君说，由于我们的小报有些委屈了大作，建议他开一个他的散文作品研讨会。我本来是与他开开玩笑的，不想邵君真是个实在人，就在我的这个玩笑提议后不久，他倒真的极其郑重其事地找了个会场，并交

代我一个任务，出席的人不能太少，因为他还准备了三桌宴席。这时我才有些后悔不该拿这位爱好文学的老青年开这么个玩笑，不过也只能硬着头皮为他张罗了一下，总算那次让他甚为满意。不过，他又托我设法为他出版他的著作，我只好口头上与他敷衍了事。后来他却一本正经地与我提起这事，弄得我很是尴尬，到如今我还为当年有失厚道的这件事深深自责，因为确实颇有戏弄老实人之嫌。

除了院报对中医院的贡献外，院报对我本人的帮助也令我至今还一直深感于怀。当年我离退休年龄尚有半年时间就从院长和书记位置上退下，那年月一般都是到年龄才离开领导岗位，我的提前退下引发了院内上下对我的非议。姚主编告诉了我，我就告诉他早在一年前，我就已向卫生局党委递交了辞职报告。他向我建议能否把我的辞职报告在院报上发表，我把报告的底稿给了他，他就在院报上登载了。后来又登了一篇他为院报向我采访的内容作了报道，记得其中他还向我提及我平日喜爱的“了却君王天下事，赢得生前身后名”这首稼轩的词，问我是否有成就感，我说不求有功，但愿少过吧！另有一件事，也是我要深深感谢院报各位同仁的，在他们的鼓励下，我也班门弄斧，写了一些不成样的散文，并为我在院报上发表。有些承蒙市报副刊主编小红兄予以转载，其中有一篇还被推荐到省里。当年居然还得了个江苏省优秀散文奖，这也让我铭记于怀。此后我开始对写作感兴趣，直到如今还是乐此不疲。

在中医院工作虽然年数不多，但也是最值得我回忆的一段人生经历。常听人说往事如烟，我倒是觉得往事岂能如烟！元代陈草庵《山坡羊》中有一段写得挺好：“晨鸡初叫，昏鸦争噪，那个不去红尘闹？路迢迢，水迢迢，功名尽在长安道，今日少年明日老。山，依旧好，人憔悴了。”

往事可以回首，岁月从未停留，退休至今已逾十五年，而中医院的文友们尚未忘却我这个不合格的文学老票友，院报也每期寄我。看到院报，总会让我想起那逝去的岁月。更令人高兴的是中医院在我之后的历任院长，都对院报相当重视，而且现在的院报版面大，信息量多，图文并茂。现在编辑院报也不像当年那样光杆司令一个了，院长亲自挂帅当总编，每位院领导都是院报的编委，又有小金等年轻的一代新报人加盟，这也是如今院报越办越好的有力保证，也令自诩为院报老报人的我感到十分的欣慰。

过　年

爆竹声中一岁除，春风送暖入屠苏。

千门万户曈曈日，总把新桃换旧符。

噼噼啪啪的爆竹声此起彼伏，又是新的一年开始了。记得在上小学三年级的时候，与我坐一个课桌的同学王祥声借我看过一本薄薄的小册子，书名叫《七日谈》，那里面有一篇关于“年”的故事。原来“年”本来是远古时很凶猛的动物，每当年三十的晚上，就要出来吃人，所以家家户户到了年三十晚上要放爆竹，点灯以驱赶它，到了第二天，大家开门一看，就相互祝福没有被“年”吃掉，以后就成了过年的风俗。提起借书我看的这位小同窗，不由人唏嘘，他本是十分聪明的孩子，平时不怎么用功读书，但考试成绩一直名列前茅，特别是课外的知识很丰富，尤其是天文方面。他喜欢晚上带我去山上，告诉我许多天文知识，对着满天星斗，他会给我指出许多星星的名字，而且还会讲出有关这些星星的神话传说。因了他，有一次课堂上老师问我们长大了准备做什么，我毫不犹豫说要当天文学家。他家原来开着一家绸缎店，家中很有钱，当年我家经济很困难，每次到他家去，他一大把一大把地拿出许多好吃的东西塞到我口袋里。同学之间我与他最要好，这倒不完全是馋嘴的关系，确实他教会了我很多课外知识。可惜，他上学到五年级就辍学了。原来，他有家族遗传精神病。他姐姐就是精神病，不想他在五年级的时候也发病了。开始我去看他时，他还认得出我，后来见了我就无动于衷了，再后来他家搬了地方，就此失去了联系。不过，我还常记起我这位小学的同学，特别是每当过年的时候。一年过年时，他还教我一首古诗："故岁今宵尽，新年明日来，悉心随斗柄，东北望春回。"我本想这辈子将永远不会再遇见他了，不想人世间的事往往有意料不到的。记得是20世纪90年代的初期吧，我在卫生局工作，有一天去精神病院检查工作。在病人活动室里，看到有个人坐在那儿面壁一动也不动，我看了看他，突然觉得他有些像我小学里的那位同学，后来查了他的病历，方知他确实就是我那个小学时很聪明而且教给我许多天文知识的小同窗。我试图唤起他的回忆，然而他一脸惘然，一切努力都是白费。医生告诉我，说这位病人住院三十多年了，精神病院一开张，他就是最早的一批病员，而且病情十分顽固，不过他在医院从不吵闹，而且喜欢看书。我与医院领导打了个招呼，请他们多多照顾。那次见他后我心中很难受，要不是有这病，他一定会成为很有名的天文学家。后来我又借检查工作的机会去看过他几次，但他的病情一点也无好转，最后一次去看他时，医院里告诉我他已经不在人世了，令我伤感不已。

说"年"的事，就扯远了。现在还是谈谈过年吧，想起童年时代，最喜欢过年了，一过腊月二十四，就天天在巴望新年了，因为

过年就意味着穿新衣，有压岁钱，有许多好吃的东西。但过年对我来说也有一个对小孩子来说是很害怕的事。每年大年夜，在我家客厅后面的一间厢房内，墙上挂满了穿着清代服装的老祖宗的影轴，男的是戴着后面有羽毛的帽子，穿着官袍，女的是凤冠霞帔，很有些怕人的。影轴前面的供桌上摆满了酒菜，因为我是长房长孙，从大年夜起，我就得跟着父亲和祖父跪在那些画像前磕头，每天早晨又得早早起来跟着去磕头，如此一直要磕到正月十五，把这些影轴收起来为止。多年后在北京潘家园古玩市场看到很多与我家老祖宗相像的影轴在出卖，我感到很滑稽，怎么老祖宗的画像也拿来卖钱了。不过，我家的这些影轴“土改”时都被贫下中农烧掉了。过年时最可恨的是大年夜那天晚上，家中来了好多和尚、道士在大厅上装神弄鬼，我必须跟着祖父和父亲跪在那儿直到半夜，这还不算数，临了还得跟着这些和尚道士把整个房子花园都转上一遍，每到一处，还得听他们念念有词，好多门上还要贴上封条。这一场戏做下来总得弄到半夜，家中别的孩子跟着家中的佣人早就放爆竹去了，我还在那到处磕头如捣蒜，有时磕着磕着就睡着了。不过除了这些外，毕竟过年是很快活的，年初一的早晨，镇上的龙灯和舞狮一直到我家场院里，引来大家观看，于是祖父便命人把准备好的袁大头送给领头的，他们也就高高兴兴地舞到别处去了。春节里还有热闹的是镇上请了戏班子来唱大戏，我家因为是出钱的，所以在场上有专门的看台。我们就成天钻在里边看戏，小孩子家实在也看不出什么名堂，不过看着那些人在台上使枪弄棒。有一出戏我印象颇深，是盘丝洞，这出戏都是在夜间上演，戏一开场，本来照耀得如白昼的汽油灯霎时全部暗掉，台上那些蜘蛛精舞动着火球把个猪八戒团团围在当中，那猪八戒挺着个大肚子晃着两只大耳朵憨态可掬，煞是有趣好看。春节里还有一件事是令我们小孩子很开心的，就是那几天里再怎么淘气，大人也不会来骂，随便我们撒野。特别有一次，不知我们中哪个调皮鬼想出来一个馊主意，把一个小爆竹塞在账房先生抽的香烟里，当他把香烟抽到那个小爆竹时突然啪的一声，把他老人家吓得半死，我们几个淘气鬼一溜烟逃得影踪都不见。还好，他没有告诉大人，但后来我们也再不敢捉弄他了。

童年时代的过年，毕竟太遥远了，印象也已经不太深了。到了20世纪60年代，国家经济很困难，那时的过春节，很是艰苦，什么东西都要凭票，而且数量也很少，虽然凭票，可也还得半夜去排队，否则买不到就会作废。我母亲把这些票卷留着等我回来后去买来吃，我的户口在学校里，所以没有我的份，这就使本来不多的供应更少了。记得当年凭票买的芹菜连根也舍不得丢掉，拌了一点点面粉放在油里氽一下，美其名曰大烧狮子头，胡萝卜的缨子炒一炒，也是一道菜。至于荤的肉、鸡、蛋则很少见它们的尊容，如今司空见惯的花生瓜子等更是不见踪影。现在的年轻人说给他们听，一定会当作天方夜谭，然而这却是我们当年的过年。不过在那艰苦的年代，过年也是一年中孜孜巴望的，也总是在天地风霜尽，乾坤气象和，历添新岁月，春满旧山河中过了年。

到了青年时代，有一年的过年给我留下的印象太深了。那年暴发流行性脑膜炎，这个病传染性很强，医院里住满了这种病人，而且弄得风声鹤唳，本来一些小寒小热的病人也当作了脑膜炎。这个病流行的季节又是冬季，所以那年我们春节都不能休息。大年夜医院食堂里烧了些菜，弄了些米酒，准备大家吃顿年夜饭。哪知刚刚开始上菜，突然值班护士来通知，说是某大队某小队有脑膜炎病人，要求派医生去出诊。那晚上正下着鹅毛大雪，那泥地上积了雪就像

浇了油一样，我就这样一脚滑一脚地到了病人家中，看完病就与那家人一起吃年夜饭。饭还没吃好，旁边几家也有发热的病人催着去看，于是一家一家地看过来，又在每家吃一点年夜饭，回到医院已是半夜十二点，衣服都被融化的雪湿透了，身上却浑身是汗。那时农村里条件很差，没有洗澡的地方，只好躺到冰冷的被窝里，这是我一生中最难忘的也是最艰苦的一次过年。

光阴如箭，日月如梭，转眼几十年过去了，年年岁岁花相似，岁岁年年人不同，而每年的过年似乎也并没在我心中留有多少特别的印象。但也有一年过年颇有些特别，那年春节前我去美国探望女儿。美国人不过春节，但海外的华人对春节倒是相当隆重。我们大年夜特地去中国餐馆，那是北卡罗来纳州台北同乡会的会长卫先生请的，饭后还一定邀请我们去他家作客。卫先生收藏了许多古董，摆满了整个地下室，听说我也喜欢古玩，就很高兴地一件件给我鉴赏。我一看大多是工艺品，但也不忍扫他的兴，只好对他的藏品不管真真假假一律大大地称赞了一番。卫先生很高兴，并说下次回国，一定邀请我一起去淘古玩。卫先生的太太是个京剧迷，据卫先生介绍说还是北卡罗来纳州有名的京剧票友。年初五晚上，北卡罗来纳州的华人团体有个文艺晚会，他夫人还要出演《贵妃醉酒》。为了这次演出，卫先生还专程陪同太太去北京定做了一件贵妃穿的戏衣，卫先生要我们务必去参加这次文艺晚会。初五那天晚上我们专门开车一个多小时去看晚会。卫太太那天的贵妃醉酒很成功，颇有些梅派的风韵，博得满堂彩。散场后我去向卫太太祝贺，夫妇俩很高兴，表示下次还要去国内置办一些京戏的行头。卫先生在北卡罗来纳州政府任职，工作之余也喜欢写些文章，他把以前写的文章给我看，作为一个从小在美国生活的人能用中文写出这些文章也很不易了。

可惜我不久就回国了，而我女儿后来也调到了离北卡罗来纳州很远的州，从此就未再联系，但卫先生那热情好客和对祖国文化的拳拳之心我一直未能忘怀。

白发催年老，青阳逼岁除。倏忽已进入老年，年轻时盼望过年，过了年就长了一岁；然而进入老年，过一年又意味着又老了一年。我常听见我的同时代人感叹岁月的流逝，怕一年年老去。其实老年人也大可不必担心，一个人的心态很要紧，自古至今，没有长生不老，新陈代谢是大自然的法则，谁也不能超越。我喜欢沉默，有时独自一人坐在那里回味思考，思绪在时光的隧道里穿越。回眸几十年走过的路，所见所闻所经历的事太多了，物是人非，几十年的漂泊，不变的是高山流水，变的是人事沧桑，所以现在比较能从容淡定。我很欣赏苏东坡的一首词："山下兰芽短浸溪，松间沙路净无泥，潇潇暮雨子规啼。谁道人生无再少，门前流水尚能西，休将白发唱黄鸡。"

爆竹声又响起来了，除了乒乒乓乓的爆竹声外，随着呼呼的声响，黑黑的天空中不时腾起五彩缤纷的礼花，煞是好看。正是老去又逢新岁月，春来更有好花枝。

新的一年又到人间！

氽油条的女孩

那是五年级下学期吧，原来的五年级三个班重新分班，班主任也换成了缪老师。这位老师按她的经验，在排座位时要男生女生同桌，说是这样上课时男女同学就不会讲话了，于是这位姓徐的女同学就成了我的同桌。记得那天她穿了一件蓝底红花的袍子，圆圆的脸上一对带笑的俏眼，其实我早就认得她，她家离我们家隔着不过十来家门面，她们家开着大饼油条店。我第一次上她家去买油条时，因不会用稻草串起来，所以刚串上去，油条一下就裂成两半，并且掉到了地上。我赶忙拾了起来，她叫我把掉地上的油条不要了，另外给了我两条，而且教我应该怎样串油条才不会从中间散开来。那时我们家很穷，吃油条也是很难得的，但每次去都是她在氽油条。看着她用两根长长的尖竹筷很灵活地在沸腾的油锅里不停地搅动，一根根金黄色的油条就在油面上翻滚，然后用长竹筷拣到油锅边上的一个铁筛内，那情景直至目前还很清晰地映在我的脑海里。她家

就母女三人，她姐姐比她略大两岁，负责烘大饼，她母亲做大饼和油条的胚。早晨买大饼油条的人很多，她每天得等生意差不多了才能来上学，所以总是很匆忙的，有时还不免迟到。而早上第一堂课又偏偏是班主任缪老师的算术课，她又是出名的凶，训起学生来一点也不马虎，同学们都很怕她。我这同桌几次被她骂得哭了，有一次还罚她站着上课。那天也不知怎么我居然胆敢对着班主任说："她早晨得帮她家里氽油条。"我话音刚落，引起哄堂大笑，缪老师把脸涨得通红，厉声道："不许笑！"随后就叫她坐下了。下课后，缪老师把我俩叫到了办公室，向我们俩了解了她家中的情况，还埋怨我早不告诉她，她又叫我课后多帮帮她。凭良心说，缪老师因为年纪轻，怕我们难管教，所以从不给我们笑脸，可实际上人不坏。我以前算术成绩不好，四年级时还挂了红灯笼，自打她教我们算术课后，我上课不敢再开小差，算术成绩就一直很好。后来六年级还是她当我们班主任，也还是她教算术，小学毕业时，我以三取一考上了市立中学。20世纪90年代我和几个当年的同学去看她，她已八十多岁了，但精神矍铄，还能一一叫出我们的名字。自打这次后，我与我这同桌的关系更好了，我俩从没像其他同桌的男女同学为了手肘越过了台板上的中线而争吵过。说来惭愧，当年我还白吃了她家不少油条。有一件事我至今还铭记在心，我家斜对门，是一个姓李的同学，他父亲是拉黄包车的，这小子是出名的惹事胚。他爸因为自己不识字，希望他能改换门庭，对他管教很严，可他偏生就不是个读书的料，是我们班上的留级生。他见我这位女同桌常带油条给我吃，就生了妒忌，当着我俩的面骂我们一个是小地主，一个是小地主婆。这里边有个缘故，中华人民共和国成立后，地主分子得义务扫街路，而不幸的是我母亲亦在其内。我因为自家底气不硬，所以尽量避他远一点，不想这家伙越发肆无忌惮，甚至把我俩的名字用粉笔写在去学校必经之路的墙上。这下把小女孩惹毛了，告状到他家里，顺便还把他在学校的情况也一起抖了出来，结果给他父亲一顿好打，他妈还到我家向我母亲道歉。从此这小子就再也不敢惹事了，小学毕业后，他没考上中学，他父亲叫他上补习班，他也不愿，后来就去煤球店当学徒了。这小子念书不行，可倒是一块做生意的料，20 世纪 80 年代就已成了大款，有几次我回城给他看见了非拉着我去他开的饭店吃饭不行。有一次他喝了酒乘着酒意告诉我，当年他对油条店里烘大饼的小徐的姐姐很有好感，可惜她没看上他。哎！我这一扯又扯远了，还是谈谈我这位女同桌吧。小学没毕业，她就辍学了，原因是她母亲得病瘫痪在床上，姐妹俩除了开店外还得服侍母亲。那时我大姐已在上海医院工作，我母亲还建议她们去上海医院看看，但估计因为经济等问题而未能成行。那年月对家庭出身不好的很歧视，我家除了查户口的上门外，简直是门可罗雀，倒是她还常到我家看望我母亲。那几年粮食紧张，她还不时送些面粉给我们。

高中毕业后，我到外地上学，除了放假回来能碰到她外，一般就很少见面了。她母亲过世后，大饼油条店也关张，她和她姐也去点心店上班了。不过，她有时还要带些点心来看望我母亲，在那年月有人来看望对我母亲是对她极大的安慰，所以每次我母亲提起她时总是赞赏有加，并且假期回来时还一直叮嘱我去看看她。可惜在我暑假回家时我母亲含泪告诉我她已经过世了，据说只是发烧，医生查来查去也查不出什么名堂，突然有一天就去了，隔天还是好好的。听了这消息我很是伤感，当天晚上就赶往她姐姐家去，她姐姐因为家中接连发生了这些事所以还没成家。在她家客厅里的桌子上，放着她妹妹的一张放大了的黑白照片，我把带来原本想给她的礼物供在她面前，又恭恭敬敬地鞠了三个躬。她姐姐很伤心地说，这么年纪轻轻的说去就去了，去世前也没一点儿征象，所以也没留下什么话，只是临去世前几天，看她一直在看一本书，并且说这书还是我送给她的！提起此事，就更令我伤心欲绝了。当初我的一位要好的同学在他离开学校那年送了我一本《外国童话选》（关于这位同学我曾在《过年》一文中提到过），有天我把它借给她看，隔了几天她眼泪汪汪地把书还我，我问她为什么哭，她说那个小女孩太可怜了，还有快乐王子和他的朋友小燕子。原来她是为安徒生的童话《卖火柴的女孩》和王尔德的童话《快乐王子》中三个不幸的主角伤心呢！当下我就说那我把这本书送给你吧！没承想这竟成了她珍藏的我的礼物。她姐姐又告诉我说因为见她到去世还在看这本书，所以火化时也让她带去了。

这么些年了，世事沧桑，物是人非，好多事都已忘怀了，而这个氽油条的女孩却一直存在我心里而挥之不去。有好长一段时间，大饼油条店几乎绝迹了，近十年来，大饼油条的小摊头又多起来了，但多是外乡人在经营，而且有几次还见报道说丧良的店家在油条中加了肥皂粉，这就更使我对油条望而却步了。不过，当年那个氽油条的女孩给我吃的油条的味道我一直未能忘怀，还有她那一双笑成一弯月牙儿的俊眼。

听　书

听书，现在叫评弹，但我一直未能改口，还是总叫听书。说起来那可是很久很久以前的事了，在我刚记事的年纪，就知道听书，因为我母亲喜欢听书。那时我家还在乡下，镇上有个书场，每天下午有一场书，我母亲不愿意去轧（gá）在里边，所以只要镇上来了好些的角儿，就请说书先生来我家说。因为镇上只演日场，所以来我家说书总在晚上，到时家中老老小小以及丫头、阿妈都聚集在大厅上听说书，我们小孩子也就挤在里边看热闹。我们根本就不想听，实在也听不懂，孜孜巴望着说书结束后招待说书先生的夜点心，不过往往书只说到一半，我们就已经沉入梦乡，所以小时候虽然也听了不少书，却没留下半点儿印象。后来我家搬到了城里，那时候家中经济状况还可以，所以我父母亲三天两头去听书，记得去的最多的是仪凤书场，因怕我在家与姐姐淘气，所以一般都把我带上。这书场里可热闹了，我母亲喜欢听小书，什么《玉蜻蜓》《珍珠塔》

《三笑》《西厢记》《碧玉簪》《贩马记》《落金扇》《借红灯》等都听过。不过，我在书场里最感兴趣的却是母亲买给我吃的南瓜子、茨菇片、花生米等小吃，等到这些零食吃光不久就睡着了，直到书落回，才睡眼惺忪跟着父母回家。那时来常熟说书比较有名的就我记忆中有徐云志、严雪亭、邢瑞庭、祝逸亭、魏含英、蒋月泉、朱雪琴等，并且还知严、邢、祝诸人均是徐云志的学生，他的很多学生名字中最后一个字是亭，严是其开门大徒弟，我家曾有一张严的照片，后来大概在“文革”期间烧掉了。我对祝逸亭印象颇深，那天晚上书落回时，祝先生没有像往常说明日请早，而是很伤感地说今后恐难与诸位再见了，说完咳嗽不止，据说不久就过世了，过世时才三十出头。那天他穿了一袭灰竹布长衫的形象还一直留在我脑海里。要说说书先生中与我熟知的那非薛小飞莫属了，他家与我家是隔了两个门面的邻居。他父亲薛西平与叔父薛西亚开了一爿永寿堂药店，因当年我们这段街比较冷落，所以生意不太好。但药店里每天却是门庭若市，因为这薛家兄弟俩是评弹票友，他家就成了评弹爱好者聚会的地方，三弦、琵琶声与评弹开篇声响彻户外。我们这些小孩就喜欢到他家去，一则是他家热闹，二来老大薛西平两个儿子与我们差不多大，有时还在一起打弹子玩。薛西平人很帅气，看上去文质彬彬的，他们弟兄俩还写得一手好书法，我父亲留下两把折扇，一把是檀香的，一把是竹骨洒金扇面的，前两年到美国来带给了女儿，前天拿出来看看这洒金扇面上有翁瘦苍先生的画及题诗，还有他们弟兄俩的两幅隶书。翁先生的书法较多见，画却很少见到，这扇面上的画虽小，但那几小幅青绿山水配着那两幅隶书，即使像我这书画的门外汉而言，也看得出是十分的精致。此三位老先生和我父亲都已作古多年，望着这三位合作的作品，遥想当年，不禁有些唏嘘。因了家庭的熏陶，薛西平的两个儿子在很小的时候就学会了弹琵琶弦子和唱弹词开篇，不久就与他们叔父一起下海。薛小飞很早就登台演出了，我记得他第一次在康乐书场演出，薛西平还请了我们街坊邻居一起去捧场。那天的情景我至今还记忆犹新，当天他穿了一件赭色的长衫，瘦小的身材穿了有点儿嫌大，后来方知因裁缝师父来不及做，只好借用他师兄的。几年后他就与他表姐邵小华拼双档说唱《珍珠塔》，两人合作多年，又是亲戚，年岁亦相仿，父母亲带我去听过他们的演唱。我父母很喜欢他俩的弹唱，所以有次问薛小飞母亲两人会不会亲上加亲，据说是薛小飞不愿意。虽然没成就了姻缘，但此后两人一直合作了许多年，也让他俩的《珍珠塔》在他的恩师魏含英的基础上有所发展，并形成其独特的小飞调。薛小飞后来与一位姓徐的评弹艺人结婚，两人有两个女儿和一个儿子。“文革”期间薛下放到五七干校，两人离了婚。他们夫妻离婚时三个小孩都还很小，就由其祖母薛师母抚养。薛师母真是个好人，“文革”期间我母亲被开除出教师队伍，重新带上地主帽子交居委管制，平时连上街都不行，多亏薛师母常来我家，帮我母亲买菜以及做些必须出门上街办的事。“文革”期间书场关门，收音机里除了八个样板戏什么文艺节目也没有，当然也不再有评弹节目，而我母亲除了听书什么也不喜欢，五个子女都在外地，亏了有薛师母等好邻居常与她聊聊家常，总算度过了那艰难的岁月。“文革”结束后，我母亲落实了政策，补发了工资，当书场又络绎开张后，她老人家就常与那些老邻居去听书。我母亲因年轻时就喜欢听书，所以对各回书说起来就如数家珍，而且对各家唱腔流派耳熟能详，只要听几句就能分辨出来。有时晚上还要去听书，就由我女儿陪她老人家去，去的次数多了，我女儿小小年纪也居然喜欢上了评弹，并且还学会了一些苏白。说来也好笑，我们家隔壁弄堂里丁家好婆有个孙女，与我女儿是小学同学，常来我家玩，而且一玩就忘了时间，所以老太太时常边走边喊："纬红哎！小娘唔耐又到洛搭气哉，阿要回转来虐！"于是小姑娘一溜烟赶紧就回去了。有一次，小姑娘正玩得起劲，我女儿走到弄堂里学着丁家好婆的腔调叫她，因为学得惟妙惟肖，居然让小姑娘上了次当，急匆匆赶出去。一看没有她好婆的影子，还一个劲儿问我女儿她好婆在哪儿，让我们着实大笑了一场。

写到这儿，我又想起当我在读初二的时候，班上有个女同学，这女同学应该说有点艺术天赋，唱唱跳跳都行，后来不知怎么的辍学去学评弹了，这一去就此不见了她身影。到我上高二的时候，有个星期天在街上居然碰到了她。三年不见她改变很大，已出落成一个漂亮的大姑娘了。她告诉我，她是回常熟来演出的，并请我晚上去听她演唱杜十娘。那年我们的文学课本上正巧有一篇课文是《杜十娘怒沉百宝箱》，所以很高兴地去了。那天绰约丰姿的她在台上半抱琵琶边弹边唱，那行云流水的唱腔，听来飘逸流畅，就连我这样的外行也听得似痴如醉："窈窕风流杜十娘，自怜身落在平康。她是落花无主随风舞，飞絮飘零泪数行。青楼寄迹非她愿，有志从良配一双，但愿荆钗布裙去度时光。在青楼识得李公子，啮臂三生要学孟梁。她自赎身躯离火坑，双双月下渡长江——"把一个想脱离火炕的青楼女子却又坠入薄幸郎的悲惨结局演绎得淋漓尽致。当年我亦正值青春年少，正是做着金色美梦的年纪，听着这令人柔肠寸结的唱词，又伴着那幽咽泉流水下滩的琵琶声，还有三弦那浑厚凝重的弹拨声，真是令人不由得为红颜薄命的杜十娘洒下一掬同情的泪水。说来也真怪难为情的，当时我对我这位曾经的同学也不是完全无动于衷的。承她美意，后来还请我去聆听过她的婉转歌喉，可由于自惭形秽，直至她离开，我也没敢向她要一个通信地址，就此一别，杳无音信，等到再次邂逅已是二十年后了。

说来也巧，那年我常州的表姨夫突然中风，因我是医生，所以母亲命我代表全家去探望。我表姨退休在家，经历了人生的大起大落，成了一个虔诚的佛教徒。她说我难得来常州一趟，顺便去天宁寺为我母亲烧个香。她因为有病人在家，不能陪我去，我说反正我也熟悉，自己去好了。于是第二天，我一清早就到了天宁寺。这寺里的香火真的很旺，只见善男信女摩肩接踵，正在我不知该从何开始的时候，突然听到对面有人在喊我，我抬眼一看，原来是一位女的，那面容似曾相识，出于礼貌，就朝她笑了一笑。她说："啊呀，连老同学也不认识了？"我这才想起她就是我那位成了评弹演员的初中同学，不过说实在的，她的改变很大，所以我开始还真没认出来。当她得知我是来为母亲烧香后就告诉我她也是来烧香的，看上去她可真是驾轻就熟，估计就是寺院里的常客，于是我在她的带领下完成了烧香的任务。我对她说，相见也很不容易，一起吃个饭吧，她说好，于是我们就在附近找了家饭馆，边聊边吃。我把我的大致情况说了一下，她静静地听着，神情看上去很是伤感，在我的再三追问下，她终于把她不幸的遭遇说了出来。原来她当初因为家中后母对她不好，经人介绍就拜了先生学说书，出师后跟着先生跑码头，二十岁时就糊里糊涂地嫁给了比她大了十八岁的先生。可她不知道先生农村里是有老婆的，若不是当时已经怀孕，就和他分手了，后来总算他与家中的妻子离了婚。日子马马虎虎地将就着过，不承想他劣性不改，在她生孩子期间与一个女学生搞上了，还怀上了孩子。那女孩子是军婚，结果被判了十年徒刑。于是她与他离了婚。此后几年中断断续续与人拼挡说了几年书，直至"文革"开始。她常州

有位姑母，青年守寡，也没个一男半女，就把她当作女儿，并且给她安排在幼儿园工作。她的女儿也已经上高中了。我问她，这么些年了，怎么不考虑重新成个家，她苦笑了一下说，年轻时不懂事，把自己托付给了一个不负责任比李甲好不了多少的男人，吃尽了苦头，所以对世事看穿了，而今只想把女儿培养好，她自己已皈依了佛门，目前在家当居士，只待女儿大学毕业就要出家去了，修修来世吧！对她的这种想法我很不以为然，就说心中若有桃花源，无处不是水云间，成佛何须菩提叶，梧桐树下亦参禅。她说繁华总随流水，似一场春梦杳难圆。又说，欲知人世伤心事，浑似南柯梦一场。她这样一说，不由得让我十分伤感。想当年，她风华绝纶，本可在评弹界出人头地，在我心目中她像高不可攀的公主，可如今的她已经早早的头发花白，美貌不再，真是造化弄人。临分别时，我说是不是相互留个地址，她说不必了，人生是要有缘分的，她认命了，并且说我是红尘中人，还是忘了曾经有过她这么一个同学为好。从此以后，我再也没见到过她，但她当年那嫣然的风致以及那天在常州天宁寺邂逅时的凄凄形象一直萦绕在脑海，挥之不去。我想象不出她身穿缁衣在青灯古佛旁听着晨钟暮鼓的情景。

因了我母亲的喜欢评弹，哦，还是按我母亲的习惯称之为听书吧，在偶然的情况下，也算与听书结了缘，可惜留给我的却是惆怅与无奈。但评弹毕竟也是文艺百花苑中的一朵璀璨花朵，它不像京剧，演出时要有一个庞大的班子和很大的舞台，一把琵琶，一把三弦，一把折扇，加上演员的说唱，便令无数听客如醉如痴。据说评弹起源于闲谈，最初以苏州说唱的形式形成于明末清初。乾隆皇帝下江南，曾专门征召王周士在御前弹唱，听后大为赞赏，并把周带到北京，给了他一个七品小官。由于评弹以吴语来说唱，所以在南

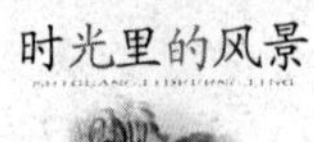

方特别流行，也深得平民百姓的喜爱。有人说，苏州评弹是一滴击穿岁月的水，芊芊素指，轻轻拨动弦上的温柔，缕缕思绪编织出细滑的绸，点点情感酿造出醉人的酒，吴侬软语汇聚成涓涓细流，千回百转蔓结为寸寸愁肠。

听说故乡目下39℃酷暑，这儿夏天气温不高，晚上更是凉爽，此时更漏将残，听着池塘里的蛙鸣，想起青少年时的往事，想起那些曾经的梦境，边写边想，边想边写，不禁有些黯然。正是：未卜三生愿，频添一段愁！

我们的美国邻居

"金乡邻，银亲眷"这句话是我们家乡那边的一句谚语，意思是远亲不如近邻，其他地方也有类似的话语，虽然说法不同，但意思都是相同的。这几年常来美国居住一段时间，才发觉在美国同样也适用这句话。我们的第一家美国邻居是一对老夫妻，他们是意大利人，男主人已经八十岁了，女的大概稍稍小几岁。我女儿刚与她们做邻居时来美国还不久，对美国什么都不熟悉，又不会开车，孩子又小，日常生活中可没少得到过这对夫妻的帮助。从搭顺风车去超市，有时还把孩子暂时寄放一下，反正就像老祖母一般。这两老特别喜欢种花，草坪上种满了各色鲜花，连同我们的草地上也一起种上了各色花朵，并帮着一起管理。老两口还很喜爱各种动物，养了一条小狗。这小狗很漂亮，老太太每天要牵着它外出溜达，我在路上见了总喜欢去摸摸这小家伙的头。这小东西也很通人意，每当我摸它头时，它也会很友好地伸出前爪与我握手。当然我也不会忘

记向它的主人夸上两句，老太太就兴致勃勃地与我聊起有关狗的情况，我对她的话似懂非懂，但为不扫她的兴，总是笑着做出很耐心听的模样，频频点头。这让老太太很为高兴，还在我女儿面前夸我英语说得不错，真是“大舞台”对过“天晓得”，我呢也就只能很惭愧地接受她的表扬了。老两口还很喜欢野生的小动物，对它们有照顾有加。我们这片草坪上常有松鼠、野鸭、野兔、野鹿以及各种鸟儿光临。我常见老夫妻俩在草坪上放上胡萝卜和谷物，还搭了一个鸟窝。

两位老人家中平日很少有人来，但每逢节假日他们的外孙女总会来看他们，他们的外孙女就在我们女儿任教大学的医学院读书。提起外孙女，老两口总是充满了慈爱和骄傲，前年这女孩子已经到这儿一家颇为有名的医院去当医生了。他们的女儿在意大利罗马工作，前年我们去意大利旅游，老太太很早就叫她女儿为我们预订了价格适中又方便的旅馆，并且不厌其烦为我们制订了游览线路及有关意大利的介绍，包括如何坐游览车，怎样品尝意大利的美食，等等。他们还特别提醒我们去威尼斯时一定得去坐坐名叫贡多拉的小船，否则就不能完全领略这座世界有名水城的魅力。所以那次我们的意大利之行很是顺利。

去年，因我和妻子决定长期在美国定居，所以我女儿决定换一所大些的房子，两老听说后很有些依依不舍。搬家那天，老太太一早就来问有什么需要帮忙的，还送来一盘她亲手做的点心。我们搬到新居后，他们每天都要去我们原来的信箱打开看看有没有寄给我们的邮件，一发现就立即打电话来告诉我们去取。我们在新居安顿好后，老两口还专程带了礼物来我们家做客，就似国内有人迁新居后也有以前的老邻居前来祝贺一样。如今我们迁来新居已一年多了，

老两口还常与我们电话互致问候，邻居的友情一直维持着。

我们与新邻居相处才一年。记得去年刚搬来时，对房屋的内部结构以及设施都不熟悉，新邻居家的房屋结构和设施与我们家是一样的，因此他们可没少帮忙，从厨房用的设备到水电空调、车库电动门的使用、草坪的自动洒水控制系统等都详详细细地给我们做了示范。刚来这儿时，我们也去买了辆锄草车，开始不会用，邻居家儿子不厌其烦地为我们讲解如何操作，还给我们把整个草坪的草轧了一遍。这家新邻居来自阿尔巴尼亚，真是个大家庭，老夫妻俩都七十多岁了，有两儿两女，还有十一个孙辈。老两口与小儿子在一起生活，小儿子是工程师，大儿子在中国驻阿尔巴尼亚大使馆工作。两个女儿一个当教师，一个是律师，工作很忙，所以她们的孩子都由两老照看。平日里他们家大大小小孩子有六个，逢到节假日，子女一起回来聚会，三代同堂，那天伦之乐真是难以描画。傍晚时分，十一个孩子排成一行走在小区的散步道上，有的自己走，有的母亲抱着，有的躺在童车里，一路行来颇为壮观，令我们这独生子女家庭好生羡慕。老先生告诉我们，他二十多岁就来美国了。他原来在工厂当技工，已退休多年。怪不得他对机械方面很熟悉。他说我们的草坪管理得不好，所以自告奋勇为我们代为管理，经他的一番调理，我们的草坪大为改观，不再如癞痢头似的了。

有一天，我的电脑突然打不开，后来发现是停电了，我国内的电话没有开通全球通，与女儿就失去了联系，也不知怎么会突然停电，于是找到了邻居。可惜我的英语水平实在有限，虽经他解释了一番仍是云里雾里的，后来还是他拨通了我女儿的手机。他先与我女儿说了一通，女儿再告诉我是小区线路检修，要停电到晚上，并

说他们家在自发电，若我们有需要他可以给我们接通电路供电。类似这些我们遇到什么困难，只要他们知道就会主动过来帮助，我们真庆幸又遇到了一家好邻居。

母亲的教诲

说起父母来，一般往往会说是严父慈母，但我家却是慈父严母。提起我的母亲我是又怕又敬。我的母亲出身教师世家，她的父亲即我的外祖父以及她的祖父都是教师出身，曾外祖父是中学教师，外祖父是小学校长。我母亲是师范学校毕业的，也在我故乡的小学当过校长。父亲自小过惯了饭来张口衣来伸手的少爷生活，独立生活能力比较差。母亲则是六岁就死了母亲，十二岁时父亲又早早过世，多亏姨妈照顾。因从小失去了双亲，所以母亲很能干，加上父亲又是少爷当惯了，所以家中的事一向就是母亲做主。父亲本身脾气就是那与世无争的，再加也确实不能干，对家中的事从来不过问。我们姐妹兄弟五人读书都是母亲过问，在我的记忆中好像父亲从来就没看过我的成绩报告单，家长签名一栏也是母亲的名字。说起我父母亲倒是那个年代很少有的自由恋爱，他们是师范学校的同学。父母亲结婚时，由于我母亲没有任何嫁妆，所以被父亲家中上上下下

都瞧不起，但不久他们就见识了我母亲治家的本领，连一向作为家中最掌权的我祖母也不得不刮目相看。后来，所有的家务事反而不与儿子商量而是直接与媳妇讲，家中的下人和亲戚有什么事有求也总是找大少奶奶，因为知道即使找了大少爷，大少奶奶不点头还是白搭。我父亲也因此落得一身轻松，也就养成了他也与子女们一样十分依赖母亲。

从小到大，母亲对我们的教导是很严的，即如普通的吃饭而言，规矩也很多。如吃饭时大人不动筷子，小孩子是不能动筷子的；搛菜时也不许在碗里掏来掏去；在饭桌上还不许说话，吃好后离开饭桌时得向大人说“我吃好了，爸爸妈妈慢用”才能离开饭桌。不过这些规矩在我母亲带第三代和第四代时就自动给废除了。在我记忆中，母亲很少对我们子女疾言厉色地教训，更别说打骂了。有件事我至今难以忘怀，那是我读六年级的时候。那年我因经常吃一位邹姓同学给我的粢饭糕（有关这位同窗的事，我还专门写过一篇《我的小偷同窗》），于是也想感谢他，可母亲除了必要的买铅笔、橡皮的钱外，从不给我们零花钱，一则是家中确是经济拮据，另一原因是母亲认为小孩子从小应当养成节俭的习惯。那年月我们家很少买鱼肉吃，但常去一爿名叫三山珍的烧熟店买很便宜的猪头糕，每次去买一角二分钱。有一次，我用一角钱买了猪头糕，落下了二分钱，回家后向母亲撒了个谎说老板说涨价了，母亲用眼光打量我一下只应了声“哦”。吃饭时我不敢看母亲的脸，但母亲那天却一直叫我多吃些。当时我的懊悔就别说了，此后母亲也从没提起过此事，但从此后，我一生从未对母亲撒过一次谎。

我们家也许是祖传的传统吧，一般人家是重男轻女，我家则从祖母开始都是重女轻男，我母亲亦然如此。依她老人家的理论，男孩子容易闯事，必须严加管教，所以我们弟兄俩在两位姐姐与一位妹妹间矮了半截，从小担当起好多家务。记得当我十一岁时，母亲就叫我与弟弟两人洗被单了，而且还得到河滩上去漂洗。我母亲常对她两个媳妇说，幸亏她从小锻炼我们，所以你们今天才省力，不用做家务，两个媳妇当然不忘恭维她老人家教育得好。还有一件事，兄弟姐妹后来都各自成家立业，小夫妻中若发生了矛盾，不管谁对谁错，母亲责怪的都是女儿与儿子，从不对女婿和媳妇说一声不好，所以无论女婿还是媳妇对她老人家都很尊重。在她停发工资的那几年，除了最小的妹妹插队落户在乡下外，四个子女每月都寄钱给她，我母亲自我调侃说那几年她突然涨了好多工资。我们兄弟姐妹的子女都曾放在母亲那儿，有的到小学毕业，有的到初中毕业，我的女儿则自断奶开始直到高中毕业才离开母亲去上海读大学。我母亲常自豪地告诉人家说，在她手里培养出了七个大学生，一个博士生（这是第三代共八人）。我们只要听见母亲在这么说，就赶紧附和说，多亏母亲教导得好，每到此时，母亲那饱经风霜的脸上就会绽放出灿烂的笑容。可惜母亲已于九十岁高龄过世，若是她得知她的第四代中有一个已从南京大学毕业，一个在复旦大学读硕士，另外一个在新西兰奥克兰大学，还有一个从密歇根大学毕业后，又考上了西北大学医学院的双博学位，不知她老人家会如何高兴呢！

“文革”结束后，母亲有时会很骄傲地说，她们家是宋朝皇帝赵光义的嫡传子孙，不像我父亲家标准是个土财主（其实这倒是我母亲有些贬低我父系家族了，因为我曾祖父的父亲据说还中过举的，也是很重视读书的）。每当此时我父亲从不与母亲争辩，因为知道她好胜心强。对于母亲的这一说法，我是持怀疑态度的，因为靖康之变，赵光义的嫡传子孙除了康王赵构当上南宋高宗皇帝外，其余都

被金国掳去了，而宋高宗又是没有生育能力的，后来还是把皇位还给了赵匡胤的子孙孝宗皇帝。当然我是不会表示异议的，以免老人家扫兴。有次我问九十五岁高龄的小舅父，据他说我母亲说的没错，本来有家谱可查的，只是那家谱早在抗战期间被东洋鬼子烧掉了，这就查无实据了。

母亲从年轻时就喜欢听评弹，“文革”后，经常会与邻居一起去书场听书，她老人家还会唱好多弹词开篇。至于麻将，为了讨她高兴，我弟弟与弟媳专门学会了陪她扠，而且母亲还老是赢，于是大家就夸她虽然年岁大，脑子还是这么活络，老人家就十分高兴，至于她是怎么赢的，那就只有我弟弟他们最清楚了。因了母亲当教师太辛苦了，所以五个子女中除了弟弟阴差阳错的去当了中学校长外，其他人都没有继承父母的教师生涯。

即将迎来母亲的 106 岁诞辰，想起母亲当年对我们子女的谆谆教诲，于是把一些当年的一些小事写了下来，作为对在天堂中母亲的纪念和思念之情！

读书偶记

故乡的小学没有幼儿园，所以我从虚岁六岁就开始读一年级。记得第一天开学读的是“来，来，来，来上学；去，去，去，去游戏”，其他的就一无记忆了。小时候父亲的书房里都是书，但我看不懂，也从未想到会去看它们，父亲对我说，长大了就可以读了。母亲对我说，好好读书，将来好光宗耀祖，不要像父亲，一事无成。朦胧中，我有一个想法，将来也要有自己的好多书。

到城里后，就读于父亲小时就读过的石梅小学，那小学就在我家对面的读书弄尽头。走进学校大门，走过一条石砌的小道，就见一对石狮子分立在一道门的两侧，其中怀中抱着一个球的是公的，母狮子则抱着一个小狮子。这小道旁边右侧有十来道石阶，走上石阶，上面有一亭子，亭子的檐下有一木匾额，上面写着“读书台”三个大字。走进学校第二道门就是一个庭院，院子里有一个很大的石荷花缸，我们常去洗手，实际上就是戏水而已。这荷花缸据说还

大有来头，是当年明末清初我邑名人钱谦益家半野园中旧物，几十年了，不知此物还在不？我在这小学里一直到小学毕业。开始时我的学习成绩可实在太差劲，有一年期中考试，算术考了 12 分，珠算考了 0 分，后来老师说 0 分写上去太难看了，就送了我 20 分。现在想来，当初成绩这么蹩脚实在得归功于上课时一直在课桌下偷看小书的结果（也因此我常享有被罚立壁角的待遇）。因为算术和珠算上课时不听讲，就学不好，而语文、历史、自然、地理等课虽然我上课时同样不听老师讲解，但只要考试前急来抱佛脚，到读书台上背背，仗着记性好，成绩单上分数还是不差的。所以每当算术老师说我笨时，语文老师还夸我聪明，弄得我自己也不知道究竟是笨还是聪明！读小学时多亏了一位叫王祥声的同学（关于他，我在拙文《过年》中曾提及），他家中有好多书，我看的书都是由他提供的。他年纪比我大，看过好多书，我有不识的字只要问他，他都知道。可惜他后来也与他姐姐一样，患上他家遗传的精神分裂症，殊为可惜。记得有一次上语文课，我正在课桌下津津有味地看《三国演义》，连李老师叫我立起来朗读课文也没听见。他走到我课桌前，把我正在看的书拿出来，很是惊讶，问我能不能看得懂，我说能看懂，他当场指了几句叫我解释，听了后表示很满意，也没罚我立壁角，只是叫我上课时不许再看了；也是他对算术老师说我并不笨。后来我也在算术老师的高压下不敢再在她的课上看小说了，算术成绩也一路飙升，令她很满意。小学毕业时，能以三取一考上县立中学，至今想来，也幸亏她对我这么凶。不过教语文的李老师对我还是蛮优待的，偶尔在他课上偷看小说书，他也不怎么责备我，反而还借我好多书阅读。自从常借书给我的同学王祥声因病辍学后，就没有了书的来源。突然有一天，我发现离我家不远的同一条街上有个旧书摊，就装着买书的样子去翻翻，实际就是看白书了。多亏摆书摊的那位大姐对我很好，后来常去后把我当作小弟弟了，还送我几本书，其中那本清代的线装书《缃绮楼词话》后来竟奇迹般逃脱了“文革”中被烧的命运，如今还好好地藏在故乡的书橱内。也因了这本书，才让我对古诗词产生了兴趣，直到现在，看到好的诗词就会背下来，可惜后来她不知所终。几十年来，每当我拿起书来，眼前就会浮现当年我俩在她书摊上的情景，为此我去年还专门写了一篇《夏日黄昏》来纪念我少年时萍水相逢的这位大姐姐。

进初中后，不大敢在课堂上看小说了，偶尔会在除了数理化的课堂上偷偷阅读。有一次给教语文课的王老师发现了，那天我看的正是莎士比亚的《威尼斯商人》，不过王老师也没难为我，反而给了我好多指导，好多外国文学作品都是在他指导下读完的。他曾对我寄予厚望，可惜后来我终究令他失望了。我十分感谢初中时的各位老师对我的既严格，又是循循善诱的教导。初中毕业时我以各科成绩 90 分以上，品德甲等而在全班五十六名学生中成为五名保送高中的一员。此中，还得感谢那位教体育的邹老师。事实上我体育本就不好，勉强得个及格也是老师格外开恩，但保送的条件中有一条是体育成绩必须满 70 分，这位邹老师得知此情况后，悄悄地给了我 76 分的成绩，被我蒙混过关。我上高中后再也没遇见过他，但我常常会想起他那高高瘦瘦的身材和目光炯炯的样子。读初中时，因家中经济还十分困难，买不起书，学校图书馆也不像如今，书籍很少，所以我就到新华书店去看书。有一次，那位扎着两条马尾巴辫的小姑娘营业员发现我常去看白书，就没好气地翻着白眼对我说，“我看你从不买书，老是翻来翻去的”。我被她镇住了，此后就不敢再去了。读初中二年级的暑假里，我在上海耽了一个多月，发现福

州路上既有新华书店，又有古旧书店，而且书店都很大，于是每天吃过午饭就从舅舅家的天潼路步行半个多小时去书店看白书。为了防止在故乡新华书店遭人白眼的尴尬，在看了半个多小时的书后会离开一会，到别的书柜前装模作样地东翻西翻，再回到原来的地方继续。那个夏天总算把外国文学名著看了不少，看过的书中记得有狄更斯的《雾都孤儿》《大卫·科波菲尔》《老古玩店》《匹克威克外传》《双城记》《远大前程》；笛福的《鲁滨逊漂流记》；斯蒂文生的《金银岛》《黑箭》；司各特的《罗布罗伊》；柯南道尔的《福尔摩斯探案》；马克·吐温的《顽童流浪记》《孤儿历险记》《王子与贫儿》《百万英镑》；德莱赛的《珍妮姑娘》《嘉莉妹妹》；巴尔扎克的《高老头》《邦斯舅舅》《无神论者做弥撒》《贝姨》；儒勒·凡尔纳的《格兰特船长的儿女》《海底两万里》《气球上的五星期》《八十天环游地球》《地心游记》；雨果的《巴黎圣母院》《九三年》；小仲马的《茶花女》；托尔斯泰的《复活》《早春絮语》；普希金的《上尉的女儿》《别尔金小说集》；等等。反正那时读了很多，现在也记不全了，后来我把所有以前读过的书都买全了。

读高一时，原来的语文分为文学和汉语两门了，教我们文学的是张老师，他是北方人，却不像北方汉子高高大大的样子。他戴着一副深度近视眼镜，文质彬彬，一副书生的模样，讲课用普通话（那时给我们上课的老师来自全国各地，所以讲课时是南腔北调，调皮的同学还会按照各位老师的语调学舌，令人捧腹）。这位张老师是北京师范大学毕业的，我们第一年读古文，难度当然很大，但在他的教导下，大家还是开始对古典文学产生了浓厚的兴趣。他还会拉控拉调地朗诵《楚辞》和《诗经》以及唐诗宋词，朗诵时他那点头拨脑的样子即便在数十年后的今天也还时常浮现在我的脑海。那年的文学课本都是古文与古诗词，记得在讲完《柳毅传书》那篇课文后，张老师还意犹未尽，额外给我们介绍了《唐宋传奇选》中的其他几篇，从而激起了我的兴趣，后来我买到了这本书，在张老师的辅导下读完了。可惜从高二开始，古文被从课本中剔除殆尽，幸亏张老师在课后常私下给我们另外讲一些，使我们得益匪浅。他曾建议我投考中文系，但他不知我的家庭成分是地主。除了祖父身陷囹圄外，十分不巧的是父亲亦在我高考前三个月被以反革命罪吃官司去了，是年的高考我当然名落孙山，令他十分意外。后来机缘凑巧总算有了学医的机会，虽与文学无缘，但在高一时张老师对我们的谆谆教导打下的古文基础，才让我后来对自学古典文学少了些难度。我与他一直保持着联系，也继续不断聆听他的教诲，直至他老人家去世。读高中时家中经济状况已有所改善，我把零花钱都省下来买了不少书，还到旧书店买了不少便宜的书。

“文革”结束后，出版界也迎来了新的春天，各种书籍都重新出版，我又再作冯妇，大买特买，至今家中藏书早已超过了万本，而且还在不断增加。有人见我藏有这么多书，又能背诵四百来首唐诗宋词和一些古文，就恭维我毕竟书香门第出身，看了这么多书，有学问。我只好说，当年可没少吃这所谓书香门第的亏，如今也早已过了喜欢读书的年纪，现在不过是为了完成幼年时的夙愿，只能说是收藏，假充斯文罢了。

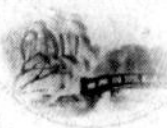

风　筝

我们这代人的童年与现今小孩幸福的童年是完全不同的，那时我们远没有现在小孩那样多的玩具，顶多就是踢毽子啊、跳绳啊等，较奢侈一点的就是扠铁环，扯地簧琴了。而童年时最想的放风筝就很难实现了，因为一是首先得买风筝，其二是买了风筝还得去买放风筝的线，这两笔钱加起来对于我们这种经济很困难的家庭来说不啻是一笔不小的开支。所以每当星期天，我去山上看人家放风筝时就十分眼红。碰到好心的小朋友让我在放飞时远远地捧着风筝帮他放飞已经很开心了；若是再让我在他身后牵牵那根一头系着天上飞着的风筝线时那高兴满足的劲儿就别提了。这想拥有一个风筝的梦想一直持续到我十岁时，那年我去舅舅家过寒假，有天突然扯到放风筝的事，还在舅舅面前抱怨父母亲不给我买风筝的事。舅舅说这很便当啊，舅妈大姐家的海海会扎风筝。于是有一天，舅舅、舅妈带了我去大姨家走亲戚，虽然路很远，但我一路高兴得也没觉得累。

到了大姨家，大姨和姨夫见了我们很高兴。他家房子蛮大的，堂屋里摆满了农具，还有好多编好的竹箩筐，特别引人注目的是墙上就挂着大大小小的风筝，形状也各异，有蝴蝶形的，有像鸟的，最让人开眼界的是厚厚一叠蜈蚣风筝。大姨家准备了许多酒菜招待我们，可我却匆匆把饭吃完就迫不及待地催着表哥海海去放风筝。

海海是大姨家第一个孩子，下面还有一个妹妹，虽然他不过大了我三岁，却比我整整高出了一个头，圆圆的脸上一对大眼睛，透着很灵巧的神气。他也快快地把饭吃完，就收拾了放风筝的麻线和两只风筝，其中就有那只蜈蚣风筝。到了田野里，海海哥先教我放那只蝴蝶风筝，在他的帮助下，我把蝴蝶风筝放飞到了天空，手中抖着绳子，看着蝴蝶在我的掌控中好似在空中翩翩起舞的样子，那心中的得意真是无法描述。海海也在邻家一个孩子的帮助下把蜈蚣风筝放到了天空。那条蜈蚣放到天空后，只见它随着海海手中那根绳的牵扯，一会儿向上，一会儿向下，真的像极了一条游动的蜈蚣。我俩放了不知多长时间，引来了不少邻家小孩观看。太阳快落山了，海海教我把绳子慢慢收拢，那蝴蝶就打着转转到了我手中。海海又叫我试试那只蜈蚣风筝，他刚一放手，我手中那根线险些儿随着风筝飞去，海海赶紧拉住了才没让它飞走。那天晚饭时，大姨夫看我对放风筝这么有兴趣，就对海海说，明天带我去放一个最大的带鹞琴的风筝。第二天我们早早地吃好早饭，又叫上邻家两个小孩，就从牛棚里拿出那只大风筝。那家伙真是大，比现今饭店里十个人坐的圆台面还大，它的骨架不是用竹篾而是用整根的细竹扎起来的，分量很重。海海与邻家小孩两个人扛着，我和另外一个小孩抬着放粗麻绳的箩筐。放的时候，那两个小孩一人扶着风筝底部，另外一个小孩用那带来的叉子把风筝高高举起，海海把系在风筝上的麻绳

慢慢边放边扯紧，借着风势，那大风筝冉冉升向天空。随着风筝越升越高，风筝上系着的风笛就开始发出那种似笛子吹奏的声响，不过响声很大。这么大的风筝，又是带鹞琴的，我从没见过，真是大大开了眼。第三天，我手中拿着海海送我的那只蝴蝶风筝依依不舍地随着舅父母离开了大姨家。一路上，舅舅对我说，以后他会带海海来城里玩，再带新的风筝去。第二年，海海随我舅舅来我家，并带来了那个让我十分羡慕的蜈蚣风筝，后来与小伙伴们一起去放时很为我挣足了面子。此后几年，只要去舅舅家，就会缠着舅舅带我去海海家，每次去，除了放风筝，海海还会带我一起去钓鱼。鱼儿上钩后把鱼竿向上一扬，一条鱼儿就被甩到半空，那趣味远远胜过吃鱼的滋味儿。海海还带我去放牛，温驯的大水牛一边慢慢地踱着步，一边啃着青草，那骑在牛背上的感觉直至数十年后去九寨沟旅游时骑在牦牛上才稍稍找了一些回来。

今年四月间我去费城参观独立宫时，见到富兰克林的雕像，又在富兰克林大道上漫步，想起初中二年级上物理课时，学到这位发明避雷针的科学家在雷电中放风筝从空中引雷电下来的故事，突然就浮现起当年海海带我去放风筝的景象来。

长大后，我不再放风筝了，有关风筝的知识倒是看到了些。明代陈沂《询刍录》上说：“五代李邺于宫中作纸鸢，引线乘风为左戏，后于鸢首，以竹为笛，使风入竹，声如筝鸣，故名风筝。”实际风筝于东周春秋时期就有了，迄今已两千多年。相传墨翟以木头制成木鸟，是人类最早的风筝起源，后鲁班用竹子，改进墨翟的材质。东汉蔡伦改进造纸术后，才开始以纸做风筝，名为纸鸢，到南北朝时，风筝成为传递信息的工具。隋唐以来，风筝为历代诗人咏诵，如大诗人李白《登瓦官阁》诗中有“两廊振法鼓，四角吟风筝”。宋代名相寇准小时估计也是个玩风筝的高手，他有纸鸢诗“碧落秋方静，腾空力尚微，清风如可托，终共白云飞”。元代谢宗可有纸鸢诗“孤骞稳驾剡溪云，多少儿童仰羡频。半纸飞腾元在己，一丝高下岂随人。声驰空碧东风晓，影度遥天化日春，谁道致身无羽翼，回看高举绝红尘”。明代徐渭《风鸢图诗》中有“柳条搓线絮搓棉，搓够千寻放纸鸢，消得春风多少力，带将儿辈上青天”。清代孔尚任竹枝词“结伴儿童裤褶丸，手提线索骂天公，人人夸你春风早，笑我风筝五丈风”等。早在宋代，放风筝就成了人们喜爱的户外活动，北宋张泽端的《清明上河图》和苏汉臣的《百子图》里都有放风筝的生动形象。红楼梦第七十回，“丫头们拿过一把剪子来，绞断了线，那风筝都飘飘摇摇随风而去。”说明放风筝就连深闺里的贵族小姐也十分喜爱。

儿时的回忆往往是甜蜜的，但有时也会掺杂些痛苦在其中。就在我笔下胡吹一气关于风筝的事的时候，我仿佛看到，还是少年的海海哥扬起他那老实憨厚的脸意味深长地笑笑，仿佛在说：“你说得再多，可你会扎风筝么！”

我与中医院

说起来，也是缘分吧，虽然我到中医院工作时间不长，而且就在中医院退休，但是早在我童年时就有缘得识后来任过中医院副院长的陶君仁先生。那是中华人民共和国成立初期，我家的老保姆患病卧床不起已多日，虽请过一些医生看过，但病情毫无起色，这可急坏了我母亲。因为这位老保姆是我家的老仆人，资格很老，深得我父母的尊敬，特别是当我家经济十分困难的时候这位老保姆还跟着我们，无偿地帮我母亲打理家务，所以我们十分感激她在危难之际不忘旧情。在请了几位郎中看病未有结果后，我父亲有个朋友与陶君仁先生很熟，说他医术很高超，于是由他出面请陶先生来我家。记得那天陶先生是坐了他的那辆黑色包车来的。那车停在我家门口，车夫把车杆上的喇叭揿得嘎咕嘎咕直响。我到门口一看，车上走下一位身穿黑呢大衣身材很魁梧浓眉大眼的一位中年人，他就是人们口中传颂的常熟名医，人称陶仙人的陶君仁先生。我家的街坊邻居

听说陶仙人来了，都来我家想一睹名医的风采。陶先生笑容可掬，不管大人小孩，也不管认识与否，都是频频点头作礼，一点也没有名医盛气凌人的架势。我家对门笔店阿娘的丈夫彬林师已病入膏肓，听说陶仙人来了，就叫阿娘来请陶先生能不能也去看一下，陶先生二话没说，给我们老保姆诊好后，就去对门笔店里给彬林师看病。他因久病睡在楼上，不能起床，陶先生说不要紧，自己上楼也可。笔店里那楼的楼梯实在狭窄，陶先生这么大的身材估计走上去很不容易。经陶先生诊治，彬林师的病确实神仙也难下手，但陶先生还是很费心地开了药方。看他家很贫穷，后来听笔店阿娘说去药店撮药时，也没收她钱，说是陶先生关照的。后来我也曾多次听人说陶先生为人看病，不管穷富，都一视同仁，甚至多次为穷苦病人贴上药费。这次给老保姆看病是我第一次见到陶先生。第二次见到陶先生是初中毕业那年，因了青少年常见的那种病，我父亲带我去请陶先生诊治。少年时代的我很腼腆，又加生的病自己觉得难以启齿，坐在陶先生对面紧张得直淌汗。陶先生朝我笑笑，对我说“世兄多大了”？因为从未有人称我“世兄”，所以就红着脸待在那儿。我父亲赶紧代我回答说“犬子十五了”。接着他又问我读几年级了，当从我父亲口中得知我是年刚好初中毕业，而且当年被保送上高中时（我父母当年很为我感到骄傲，因保送的条件甚是苛刻，全班56个学生中仅有5名保送，所以虽然家中经济甚是拮据，但还是让我读了高中），陶先生对我很夸奖了一番。接着他又问了我一些学校里的事以及我爱好什么有什么不适等，总之不像一位名医对小孩子说话而是像与一个同辈的人聊天一样，这样就使我原来一颗忐忑不安的心丢到爪哇国去了。他边和我聊天边把药方开好，一边把药方递给我父亲，一边朝我父亲说，世兄小小年纪就能保送高中，甚是不易，希望我父亲好好培养。临走他又从抽屉里拿出一幅白纸（以后我方知那就是宣纸）用毛笔在上面写了如下几句诗："蒋家有子早成才，风采英英蓝玉姿，天上麒麟本有种，料应高折广寒枝。"当初我也不太懂诗里的意思，若干年后看了《剪灯新话》作者瞿佑的小传方知其来历。相传他14岁时，其父因好友张彦复由福建来访，具鸡酒款待。他恰好从学中回来，张要试他才学，就指席上鸡为题，命他赋诗一首，他当即吟道："宋宗窗下对谈高，五德名声五彩毛，自是范张情义重，割烹何必用牛刀。"诗中分咏了四个关于鸡的典故。张彦复击节叹赏，手画桂花一枝并题此诗，不过开首那句是"瞿君有子早能诗"。待我了解这段故事后不禁对陶先生的过奖有些受宠若惊了。陶先生一手好书法，可惜后来"文革"中这幅墨宝也随同家中一些藏书一起毁于一旦，甚是可惜。但陶先生那种高尚的医德人品数十年来一直萦绕于脑际，特别在我自己也当上医生以后。

我第一次认识陆维民先生已经20多岁而且也已经成了一名医务人员了。记得应该是1969年吧，由一院、防疫站、中医院组成一个医疗小分队来我们公社支援血防。他们与我们一起在三泾疗养院（刚建成不久尚未收治病人的麻风病防治院）收治血吸虫病。于是，我见到了陶君仁先生的大弟子陆维民先生。那天他穿了一件对襟的蓝布短褂，修长的身材很挺拔，虽已年过五旬，但看上去不过四十多岁。因为他是这个小分队里唯一的中医，所以不参加治疗病人而是为当地的病人看门诊。他是陶仙人的大弟子，原来在中医院就很有名望。我们这个公社的人对他的到来更是欣喜，四乡八村的农民不管大病小病，都请他看。他也是来者不拒，每天看到食堂里的饭菜冷了又热，热了又冷，这样总要好几个来回才能把手中的病人看完。我从未见他有过不耐烦，总是和颜悦色地听病人讲述主诉，虽说农村里的人特别是那些大妈好婆说话很是噜苏的。不久，“陆半仙”的名声越传越远，城里的病人有特地来乡下找他看病的。我听轮船上的船老大说，自从陆医生来后，他们船上从没空过。

陆先生是个多才多艺的人，除了本行中医业务外，还会唱京戏，拉京胡。那年月每天要早请示晚汇报，早请示晚汇报时还要读一段毛主席语录，我们大家公推他领读，于是他用他那略带京韵的声调带头朗读。陆先生还很诙谐、幽默，闲暇时候，他会说说笑话，往往让人笑痛了肚子，可他自己却一本正经一丝不笑。我们知道他会唱京戏，于是就缠着他唱。他不仅会唱老生，还会唱青衣，很有梅派的韵味。有时他给我们缠得没法，于是就关紧了门窗，夹紧了喉咙就唱起来：“海岛冰轮初转腾，见玉兔，玉兔又早东升，那冰轮离海岛，乾坤分外明。皓月当空，恰便似嫦娥离月宫，奴似嫦娥离月宫，好一似嫦娥下九重……这景色撩人欲醉不觉来到百花亭。”边唱还边兰花了手指扭扭捏捏地走步，很是有趣，看得大家捧腹大笑。不过当年这可都是封资修，除了八个样板戏，什么都不许唱的，所以我们只有几个人偷偷地请他唱。除了会唱，他还拉得一手好京胡，我知道这胡琴中就数京胡最难拉，所以从来没有奢望过想学。有一次与陆先生闲聊中得知我想学又不敢学的心思，他就鼓励我学，还跑遍了常熟城里给我买了一把京胡。可惜随着陆先生他们的离开，我的京胡梦就半途夭折了。不过陆先生当年偷偷教我唱的一段《秦琼卖马》倒一直未忘，现在还能哼哼。

与陆先生一别就是二十多年，直至我调到中医院工作，陆老已近八十高龄，但精神矍铄，每天接待门诊病人不限号，所以他吃午饭总得在一点钟之后。对于紧张的门诊工作他毫不倦怠，也无怨言，我常劝他是不是每天限额门诊，他说好多病人都是从乡间来的，来一次也不容易，就不要让他们跑空趟了。陆老有时会在应诊前来我办公室闲聊一会，说是闲聊，实际却是给我提出好多意见，以俾我工作中参考和改进。屈指算来，陆老过世也已多年，当年他辞世时我正在国外，未能与他悼别，一直引为憾事，但他的音容笑貌时时会浮现在我的脑海中。

陶君仁先生二十多个弟子中我只认识大弟子陆维民和关门弟子李葆华。说起来第一次邂逅李葆华院长也是在“文革”期间。那时我在支塘医院进修外科，李院长也在支塘医院工作，平常我们工作中也无交接，不过他很是平易近人，所以有时也会一起聊聊。有一次，大概受了我的鼓动吧，他突然也高兴上手术台，以他的说法算是体验体验中西结合吧。我记得我们俩还一起做过手术。由此看来，李院长当了中医院院长后注重中西结合也在情理之中。在他任内，中医院加快了现代化的步伐，并努力开创中西医结合的道路。至于中医院对全市中医药事业的促进和发展也是大家有目共睹的。李院长确实功不可没。此外，他在担任院长时仍然把很多时间和精力放在日常诊疗工作和带教学生上，将中医院老一辈的德艺双馨薪火相传，这是很难能可贵的。他的奖掖后进我体会很深，1995 年我调来中医院工作时，对中医可谓两眼一抹黑，又是人生地不熟的，不知从何做起，多亏了他时常提携我，指点我。得到他的谆谆教导，使我在工作中少走不少弯路，这是我一直铭感于心的。李院长现在也已年近八旬，但仍然担负着繁重的临床工作和带教工作，正可谓老骥伏枥，志在千里，烈士暮年，壮心不已，令人可敬可佩。

以上写下了早年我认识的三位中医院前辈，而且刚巧是师徒三人。调到中医院工作后，我发现中医院老中青医务人员都具有历代前辈传承下来的崇高的医德医风。更让我感到意外的是中医院的

员工有着很深厚的文化历史底蕴，不少人文采风流，笔下甚是了得。这令我在感到十分欣慰的同时也感到很大的压力，更觉得自己相形见绌，不能胜任领导职务。所幸在任期间得到了各位领导和各位同仁的教诲和帮助，我想借此文向他们致以崇高的敬意和深深的谢意！

本文的题目是“我与中医院”，那还是来谈谈中医院吧。中医院之旧址曾是明末江南一代文宗钱谦益绛云楼所在。

追溯中医院的历史，1929 年由当地士绅集资兴建的集善医院就建于兹。前几天遇见老同事姚君告诉我，当年集资人员的名单与捐助金额有本记录，他从一旧货商人手中以 500 元购得，现藏于常熟中医药博物馆内。中医院中医药博物馆内还藏有当年常熟书法名家萧退庵先生所书“集善医院”石匾一块。说起萧先生，他还是当代书法家沙曼翁、邓散木的老师，其真草隶篆行五体皆工，声名不仅名扬大江南北而且远及日本。他性情高傲脱俗，不喜交游，对权贵和名利场中人不屑一顾。敌伪时，汪精卫庆寿，遍邀当代名人赋诗题词，伪省长李士英为讨好汪，向他求取翰墨，许以重金，被拒绝。萧先生早年执教于沪城东女学与爱国女学，复兼行医，为人治病，卓见成效，贫者求医，常分文不取，口碑甚佳。集善医院于 1937 年因迫于战乱，医院人员星散，遂告解体，殊为可惜。该院服务桑梓凡七年，其规模设备和医疗技术当时属邑之冠，甚得当年父老之赞誉。1958 年，常熟市中医院在集善医院旧址诞生，尔今倏忽已一个甲子。经过历代中医院同仁的努力和上级领导的关怀及各界人士的支持厚爱，中医院已经成为一所集医疗、预防、保健、康复、科研教育于一身的三级乙等中医院，其规模、设施、医技力量、教研能力堪与市一院、市二院三足鼎立，而中医中药更是强项，名噪省内

外。回想当年，我是诚惶诚恐地到中医院上任的，想想自己虽然在学校里也读了些中医，但实在学得太少，仅是皮毛，而且当初一心毕业后当西医的，所以也很少重视中医方面的功课，现在突然要来负责一个二级甲等中医院，真有些力不从心。不过我也觉得很幸运，当年得到中医院在任和离任的老领导、老专家对我的谆谆教导以及全体院工的支持和帮助，总算能与大家一起为了发展中医药事业共同奋斗。针对老龄化社会的即将到来，经市政府批准并拨款于中医院内创设"老年医疗保健康复中心"，并作为 1997 年市政府为民办实事之十件大事之一，此举甚得百姓拥护。因资金不足，当时好多单位都曾伸出援手，连兴福寺方丈妙生长老闻说中医院要创建为老年人服务的康复中心，也慨然解囊，从善男信女捐助的香火钱中捐出 5 万元（当年此款也绝非小数了），后来曾有友人取笑我连吃十方的和尚处也敢去化缘。对于中医院的搬迁，我觉得确是带来了新的发展机遇，对中医院是件大好事。不过要是原有的中医院如能保留下来，把它办成一个融医护（含医疗护理和生活护理）、养、教、乐、康复等为一体的老年医疗护理机构该多好！我市 60 岁以上的人口已占全市人口总数的百分之二十八，远远超过邻近的张家港、太仓、昆山的老龄人口水平，而且老年人口的年龄结构中 70 岁、80 岁以上的老老年的比例也特别高。如何解决老年人老有所医，老有所养，老有所护已越来越为人们所关注，特别是我们中医院，古时的人们就十分注重养生，好多典籍中都提到中医养生延年益寿，这是我们中医院的强项，是一院、二院不能望其项背的。如能利用我们中医院的雄厚技术基础，启用一些退休和退居二线的院科领导，整合一些闲散的医护卫技人员和设备，开设一家具有一定规模的老年护理院，那既可取得良好的社会效益，又有较好的经济效益，还能在发展中医养生保健延年益寿方面创出一条新路。这一扯又扯远了，还是回到本文来吧。我写此文算是应中医院建院60周年征文，匆匆写就，一定不能符合要求。特别征文题材要求中第6项要为我院未来发展建言献策，想想自己退休已多年，且年老昏聩，何能再有言可建，有策可献。倒是曾听唐键院长几次介绍过中医院规划蓝图，继往开来，令人十分欣慰，愿此宏伟蓝图由现任领导带领全院职工努力实施，让中医中药这朵中华文明中的奇葩开放得更加璀璨夺目。

年年岁岁花相似，岁岁年年人不同。一代一代的人在中医院薪火相传，可喜的是老一辈犹自“老牛亦解韶光贵，不待扬鞭自奋蹄”；新一代的小辈英雄更是焚膏继晷，为中医中药的现代化宵衣旰食。羊胛光阴易逝，中医院即将迎来她的60华诞，医院医教研各条战线频频传来捷报，在此佳辰即将来临之际，请接受我们老中医院人最诚挚的祝贺，祝中医院在未来的岁月中更加灿烂辉煌。

大　姐

若是把长姐若母这句话放在我大姐身上，那绝对再恰当不过了。我家姐妹兄弟五人，大姐是家中第一个女儿，我父亲又是长子，祖父祖母都是单传，所以大姐这个长房长孙女的出生被家人所重视那是不言而喻的。大姐从小活泼可爱，六岁时被母亲当教师的姑母接到苏州去上小学，放假回来时穿了白衬衫黑裙子的校服，一口苏白更是令家族中人爱如掌上明珠。中华人民共和国成立那年，我大姐读初中，父母为逃避“土改”清算而逃往上海，把顽劣的弟弟带在身边，最小的妹妹寄放在外祖母处，家中剩下大姐、二姐和我相依为命。那时二姐也还小，家中所有事都靠大姐张罗。记得那时我在石梅小学上二年级，大姐在省中上初中二年级。每天早晨大姐早早地起来把早饭和中饭烧好了，为我与二姐准备好了带去学校，吃过早饭就牵了我的手送我去上学了。晚上回来又是把晚饭弄好了，我们姐弟三人一起吃完她再拾掇，饭后又要督促我做功课。那年月生

活之艰辛且不去说它了，但无形的压力往往令我们姐弟三人一直生活在恐惧中，因为派出所常来查户口追查父母的下落，往往会半夜三更来，看看所报的户口有没有过期。而报户口又得半个月就去派出所一次，每到日子大姐就得带上我跑上好多路到西门外的派出所去（派出所搬到市里那是此后的事了）。我母亲自小就不会做家务活，至于针线活那更是一点不会；大姐却不然，自小就把家务担当了起来。我们姐妹弟兄的绒线衣裤都是大姐在晚上做完功课后一针针织起来的，直至我上大学那年穿的还是大姐为我编织的毛衣。小时候我不免有时淘气，大姐也不会责骂，总是循循善诱地开导。我二姐脾气不好，有时与大姐争吵，我就极力站在大姐一边。前几年我们老姐妹弟兄聚会时，我二姐还取笑我当年拍大姐的马屁。

一年后，父母从上海回来了，但了无生计，靠变卖度日。这年大姐初中毕业，她本是可直升高中的，但鉴于家中的现状，其他四个弟妹还小，所以她主动放弃了这个将来可以通往大学的机会，而选择了去上海报考护校。父母在不得已的情况下也只好牺牲她一个以确保下面四个弟妹能继续得到求学的机会。那年上海护校很难考，录取率很低，也真是天无绝人之路，总算被录取了，两年毕业后分配在上海第一人民医院工作。开始时她每月工资才四十三元，但每月十五号发工资后，我就会去邮局取回大姐寄回家的三十元钱。后来我母亲有了工作，我上了大学，但每月还由我大姐寄我二十元，直到二姐大学毕业后由二姐寄给我。1960 年那会儿，大姐怕我每月三十斤粮食吃不饱，常设法把省下的上海粮票换成全国粮票寄给我（当年上海粮票只能在上海买米或面粉）。为了让我增加营养，大姐还把分配给她的鱼肝油也给了我。我的第一件羊毛衫也是我大姐花了十六元钱买给我穿的。当年我的同学没有一个能穿上羊毛衫的，这件衣服我穿了很多年，虽然后来早就有钱买得起更好的羊毛衫了，而且这件衣服也早已七穿八洞了，但我一直保留着。

因为要负担弟妹们的生活和求学，所以大姐结婚很晚，而且因了家庭出身的问题，也几经周折。大姐夫当年是海军军官，我们本是老亲，姐夫那时在海军军官学校，多亏他的上级，那位姓潘的校长帮了大忙，婚事才没告吹。我姐夫人很好，记得20世纪80年代有部日本电视连续剧《血疑》，其中父亲的角色名叫大岛茂，那可是典型的好父亲的形象，我的两个外甥女当年还小，她俩在同学面前炫耀说她们的爸爸比大岛茂还大岛茂，这也是实情。我母亲晚年一年之中春天去杭州的二姐处，夏天在上海大姐处，秋冬两季就在我们故乡的三兄妹处，不管女婿或是媳妇对她老人家都很孝顺，这也是大姐为我们做出的表率。母亲晚年在世时还常常夸她这大女儿是我们家有功之臣，说实在的若是当年没有大姐放弃读高中早早地为父母分担家庭的重负，那我们四个姐妹兄弟除了五妹因逢“文革”成了老三届插队落户外，都能顺利地接受高等教育是不可能的。我们能有今天，大姐实在功不可没。我叔叔家八个子女就没有一个能读上大学的，所以我婶婶常十分羡慕我母亲有这么一个好女儿。

我女儿在上海华东理工大学读书时，多承她大姑妈的照料，后来读硕士、博士以及后来去德国读博士后，大姐可没少花心血。20世纪80年代我去上海第一人民医院进修，也多亏了大姐的帮助，否则像我这样一个农村小医生，是很难获得这样的机会的。

如今，大姐夫妇俩都已到耄耋之年，大女儿是上海一所中学的教师，外孙女在复旦大学攻读博士学位；二女儿全家移民在新西兰，他们的儿子就读于新西兰著名的奥克兰大学。前年两位老人家还远涉重洋去新西兰过了半年，如今生活在上海一家设施完善的养老院，

大女儿隔三岔五地去探望，二女儿也隔一个时间从国外归来去探望父母。我们四个姐妹弟兄也尽量能与大姐相聚，大家其乐融融。

我女儿有次对我说，她说听妈妈讲爸爸什么人都不怕，就怕好亲婆和大姑妈，我告诉她说，爸爸不是怕，而是尊敬和不忘她们的教导与养育之恩。这孝顺长辈和有恩必报也是我们中国人历来的优良传统。

每个人心中都有一个旅行梦

或是看尽人间美景的散心

或是丈量生命长度的修行

奔腾的尼亚加拉瀑布

久闻尼亚加拉瀑布的盛名，8 月间的一次加拿大之行，总算遂了我的心愿。我在美国的居住地底特律离加拿大不远，所以决定自驾游。虽说是 8 月初，但这儿的气温不高，一路沐浴着和煦的阳光，驰骋在蓝天和沃野之间，仅两个小时就到了美加边境，出关、入关的手续都很简便，甚至都没下车。过边境两个多小时就来到大瀑布所在的尼亚加拉城，进城的第一印象就是看到天空一隅有大片水汽伴随着阵阵轰鸣声。走近瀑布，但见瀑布像宽广无垠的一幅白练从悬崖上直泻而下。我们乘坐“雾中少女号”，逆流而上，先看到美国瀑布这边的侧面，其中一个宽 323 米，落差 52 米；一个较小的宽仅 80 米，因水流量小，飞流如同一个带着薄薄面纱的新娘，故专门有一个漂亮的名字：“新娘面纱瀑布”。它那如潺潺流水似的温婉与大瀑布的豪迈粗犷相比，别有一番风韵。随着船身的晃动越来越剧烈，位于加拿大这边的马蹄形瀑布就在眼前了。这个总宽度为 792 米落

差 50 米的瀑布确实像一个马蹄，游船从马蹄的一边绕过底部向另一边行驶，但见瀑布如千军万马奔腾而下，瀑布拍打着岩石激起的浪花犹如翻滚的巨龙，又似卷起了千堆雪。水流激起的风夹带着水珠像暴风雨般迎面扑来，同时发出阵阵轰鸣，虽然穿了雨披，但也遮不住那满天弥漫的水汽。这波澜壮阔的场景令人震撼，此时此景想起李白“飞流直下三千尺，疑是银河落九天”咏庐山瀑布的诗句来，那庐山瀑布比起这儿的瀑布来，那实在太渺小了，不知李白要是看到这个大瀑布会写出怎样的美好诗句来。

下船后，坐电梯而下，穿过长长的隧道，来到洞口的平台，平台约在瀑布的一半高度，水流就在我们前面不远处的头顶上以雷霆万钧之力倾泻而下，真不愧是个水帘洞。但见浪花飞溅，人如同被笼罩在水柱围成的帘幕中，天空与水汽混成白茫茫的一片，水流发出的声响震耳欲聋，其磅礴之气势不由人惊叹大自然的鬼斧神工。

离开与瀑布近距离的平台后，又来到被称为“White Water Walk”的河边木制栈道漫步。上游的瀑布已消失在视线之外，尼亚加拉河的河水以每秒 5720 立方米的平均流量从悬崖一泻千里，其巨大的冲击力冲刷出了 7 公里长的峡谷，峡谷间奔腾的河水波涛汹涌，滚滚而下，造成的声响在山谷间回荡。栈道靠山一面的山坡上长满了树木，郁郁葱葱，鸟儿在树杈间啁啾；抬眼望去，蓝天下现出了一道彩虹，与架在河上的彩虹桥交相辉映。

尼亚加拉瀑布英文名“Niagara Falls”，印第安语意为“雷神之水”。这里有个传说，在很早很早以前的尼亚加拉峡谷中有一个古老的印第安部落，一位美丽的印第安少女在成年仪式上被许给一个丑恶的老头。少女悲愤逃离，划着竹筏，随着雷神的指示，漂进了

大瀑布，再没回来，从此就成了瀑布中的女神。也许因了这个美丽动人的传说，使许多人相信大瀑布后面还有一个美好的世界。也确实有不少人为了探索大瀑布而一直在冒险，其中，最早挑战成功的竟是一位退休教师安妮·爱德森。63 岁生日那天，她做出漂流瀑布的惊人之举，带着心爱的小猫钻进一只大木桶，桶内放了些干草和毯子，人们帮她把桶盖密封好推入激流中。木桶从 50 米高处坠落深谷，当人们在下游把木桶打捞上来后，发现她除了稍稍有些轻微的皮外伤外，竟安然无恙，而那只小猫也还一如既往的活蹦乱跳。还有位挑战瀑布的是法国走钢丝杂技演员查理·布隆丹。1859 年，他从一条长 335 米、悬于瀑布水流汹涌上方 49 米的钢丝上成功穿越瀑布，至今仍无人打破他的纪录。

尼亚加拉瀑布位于北美五大湖区的尼亚加拉河上，它与巴西阿根廷交界处的伊瓜苏瀑布以及东非赞比亚和津巴布韦交界处的维多利亚瀑布并称为世界三大跨国瀑布，其在美国境内仅占百分之六的水量。尼亚加拉瀑布最迟形成于 7000 年前，长约 56 公里的尼亚加拉河从海拔 174 米的伊利湖骤降至海拔 75 米的安大略湖，在河床的断崖上落下形成世上自然界七大奇观之一。

1812—1814 年间，美国和加拿大（当时属英国）为争夺它而进行激烈战争，战争结束后签订《根特协定》，规定尼亚加拉河为两国共有，主航道中心线为两国边界；并各自在瀑布两侧建一座名为尼亚加拉的姐妹城。两城隔河相望，河上架起一座拱形彩虹桥，桥的一端属加拿大，挂枫叶旗；另一端属美国，挂美国国旗；联合国旗则居桥中间。

不到尼亚加拉瀑布很难想象世上竟有如此雄伟壮丽的景观，令人心旌摇荡。我曾见过不少瀑布，与尼亚加拉瀑布相比，只能说是小小的溪流而已。人沐浴在瀑布形成的腾腾水雾中，耳畔是雷鸣般的巨响，此时除了惊悚于大自然的磅礴气势外只能慨叹人类之渺小！

悲怆卡萨罗马古堡

加拿大友人听说我们要去尼亚加拉瀑布，就建议我们说不妨把离大瀑布不远的卡萨罗马古堡也游览一下。于是在结束瀑布之旅后就驱车一个多小时来到古堡所在的多伦多市。古堡建在市区以北的一座名为奥斯丁的山头上，旁边并无太多的建筑，真是个闹中取静的好去处。这幽静的环境与古色古香的古堡倒亦颇为相宜。抬眼望去，外观绝似欧洲中世纪的小城堡，极其典雅壮丽，既有朴实浑厚的美感，又不失童话里梦幻似的感觉。那环绕城堡占地 55 英亩的花园苍翠欲滴，独特的雕塑和闪烁的喷泉以及姹紫嫣红的各种花卉散落其间，给人以清新明媚的感觉，也更增添了它迷人的魅力。走进古堡大门，迎面就是高达 18.29 米的门厅，滴水嘴的房柱仿佛在对游客咧嘴微笑，似乎欢迎大家来一睹它的芳容。古堡的主体是三层楼的建筑，主楼通过 243.84 米的隧道与另一建筑内的车库马厩等相通。青铜的大门、秀美的城垛、高耸的塔楼，处处显现出设计的巧

妙构思。主楼内96间房间造型各别，装饰华丽，极尽奢华。房顶那大气别致的吊灯、墙上风格迥异的雕刻装饰以及从世界各地采购来的名贵家具和各种精美绝伦的艺术品，整个古堡就是一个名副其实的博物馆。主人卧室之讲究令人咋舌，那装潢之豪华且不去说它，只就当年多伦多尚无自来水的年代，他们的卧室套房浴室内居然已经有由六个瓷制水龙头控制的淋浴装置，可见主人意识之超前了。

夫人的套房墙身是蓝色的，这是她喜爱的色调。身临其间，遥想当年在阳光灿烂的午后，侍女为夫人与她来访的闺蜜们准备好了精致的茶点和咖啡，窗外不时飘进阵阵玫瑰的芳香，屋内不时传出阵阵欢声笑语，真是令人心醉的良辰美景。男主人的房间的特色就是壁炉两旁的红木嵌板是通向秘道的暗门，这是为防意外而设置的安全通道。在众多的客房中居然还有一套按中国风格设计的，里面陈设着中国的瓷器以及其他的一些东方古董。

二楼的园厅是英国王室成员下榻时的会客室，室内新古典式的石膏装饰和浅黄色墙壁体现18世纪苏格兰著名建筑师罗伯特·亚当的装饰风格。在一个装饰豪华的备餐室的墙上挂着男主人和夫人的肖像，一个是意气风发的贵族，一个是雍容华贵的上流社会淑女。望着这两帧巨幅画像，谁能想到十多年后这两位古堡主人的落魄呢！一条名为孔雀巷的艺术品长廊是仿英国温莎城堡的孔雀廊而装饰，以追求英格兰的浪漫。风光旖旎的温室花圃里，有来自世界各地的各种名花异草，终年花香不了。温室的装潢也十分讲究，地面的大理石产自意大利，温室天窗的玻璃上可见串串葡萄图案，华丽的玻璃门造价高达1万美元；并且还装了当时十分罕见的蒸汽水管以保持室内的温度。古堡内的两座红色尖顶的塔楼从外面望上去十分显眼，东塔楼是按苏格兰城堡的式样设计，西塔楼是诺曼底式

的建筑。站在塔顶上可俯瞰整个城堡，其独特的气质令人赏心悦目。向远处眺望则多伦多整个城市尽收眼底，令人心旷神怡。试想当年城堡落成，主人登上塔顶瞭望，该是多么得志得意满；而谁曾想到就在短短的十年之后，这宏伟的城堡就将迎来新的主人，这也只能慨叹造化弄人吧。

在浏览古堡之后，不能不对古堡的主人产生浓厚的兴趣。主人亨利·罗伯特可是个传奇人物，他生于1859年，1876年毕业于加拿大阿波尔学院，随后入其父柏拉特股票经纪公司工作。1882年爱迪生发明蒸汽发电机，他立即看到了其中的商机，迅速成立了多伦多供电公司，并于1889年成功获得多伦多30年供电合同。同时，他还斥巨资建设横贯加拿大全境的太平洋铁路，大量购买加拿大东北地产公司股票。短短几年间，其投资就获利三四百万加元（合今天1亿加元）。1901年他已成为涉及矿产、电力、保险、地产四大行业21家公司的经理。更值得一提的是他于1902年在尼亚加拉瀑布兴建起第一座水电站。他成为当年金融实业界的翘楚。他一生忠诚于英王室，学生时代即加入女王步兵团，最高军阶为少将，1905年被英王爱德华七世封为爵士。

生性浪漫的他，深爱艺术和建筑，从小就向往中世纪古堡里童话般的爱情。他在欧洲游览了许多古堡，后来有感于妻子玛利出行不便，无法欣赏欧洲建筑之精美，就建造了这座气势雄伟、古典浪漫，集哥特式、新古典主义和新浪漫主义完美结合的漂亮城堡送给爱妻，两人在古堡里幸福地生活了十年。

城堡命名为CASA LOMA意为“山坡上的房子”，由加拿大著名建筑师E.J利诺斯设计，于1911年请了300名工匠历时三年建成，当时也是亨利爵士事业上最为辉煌的时期。令人惋惜的是好景不长，

噩运开始不断光顾他，随着第一次大战的爆发，亨利爵士的经济帝国瞬间陷入崩塌的境地。1919 年多伦多的电力供应收归国有，他投资的大量地产又因战争而贬值，战后的经济暴跌使他手中持有的股票一文不名，最令他痛心的是为他担保贷款的银行倒闭，而他的贷款为 170 万美元，相当于今天的 2000 万美元。巨额的债务使亨利焦头烂额，只能变卖家财。此时，他已没有能力维持古堡的支出，古堡一年的地税就相当于今天的 15 万美元。他的古董和艺术收藏品于 1924 年 6 月在毫无节制和保护的情况下公开拍卖，不过短短的 5 天，古堡里令人瞠目的财富转瞬间就像水银流入地里一样消失殆尽。很难想象他当时落寞的心情，那是他一生中最难过的一天。1924 年夏天，爵士一家黯然离开自己费毕生财力精心打造的豪邸。

爵士夫人于一年后在贫困中去世，她生前可曾是加拿大首任童子军军长。之后古堡曾用作酒店、夜总会，但都难以支付昂贵的物业税收。后来古堡又被政府接管并被用作博物馆和老兵疗养院，但也因无法应付其庞大的开支，所以一度曾想将其拆毁，幸好 1937 年 Kiwanis Club 公司拿去经营，作为一个著名旅游景点向公众开放，其营运收入全部投资慈善事业，这样才算把这幢宏伟的建筑留存之今。今天来古堡观光的游客摩肩接踵，也佐证了它的魅力所在。

妻子去世后，他一个人孤零零地苦度岁月，也许经常盘旋在他脑海里的是和他亲爱的妻子在古堡中度过的幸福时光。1938 年亨利曾回到古堡，受到游客们的热烈欢迎。他对欢迎的人群说 :“现在这样安排很好！”当这位 20 世纪初加拿大首屈一指的富豪、昔日城堡的主人站在自己年轻时的肖像前面，人们看到这位迟暮的英雄眼中噙满了泪花。这次是他与他的古堡最后告别，1939 年 3 月 9 日，这位一生跌宕起伏创造古堡的传奇人物在一个小小的公寓里辞世。据

说，当时只有他的司机陪伴着他，而他身上也仅有区区185美元，却还有6000美元的债务！皇后亲卫队为他举行了军人式的庄严葬礼，成千上万的市民走上街头，为这位多伦多电力之父送行，这次葬礼也是多伦多历史上规模最大的葬礼。

来古堡之前，观光了尼亚加拉瀑布，那是大自然的鬼斧神工，而卡萨罗马古堡则是人类的巧夺天工，二者真是天造地设的一对，有异曲同工之妙。不过瀑布7000年以来，一直奔腾不息，而这人世间的杰作只不过百年多的岁月，却已然历经坎坷，其主人的命运亦大起大落！斯人已去，留下的是无穷的遐想。

湖上的风景

——碧水蓝天千岛湖

北美洲安大略湖的湖水流出后注入圣劳伦斯河，在圣劳伦斯河湾有大小天然岛屿 1864 个，还有一个人工岛，被称作千岛湖，又叫圣劳伦斯群岛国家公园。湖中心的分界线将千岛湖一分为二：南岸是美国的纽约州；北岸则是加拿大的安大略省。三分之二的岛屿在加拿大境内，而美国境内的岛屿大多面积大并有深水水道通往五大湖。在千岛湖的怀抱里，有一座连接美加两国的国际大桥如天上的彩虹横跨而过，桥上车辆川流不息，也是湖上一道独特的风景。

初秋的清晨，我在晨光曦微中来到千岛湖畔。湖边的森林呈现出一片深青色，从林梢望过去，前方的湖面上雾霭缭绕像披上了洁白的薄纱，大小不一。千姿百态的岛屿如同一座座雕塑星罗棋布散落在还不十分明亮的湖面上，在薄雾的笼罩下犹似海市蜃楼般缥缥

缈缈。一会儿金乌东升，万道霞光照到湖面上，雾气消散了，湖水变得碧绿如翠，波光粼粼；而刚才一直笼罩在头顶的浓密绿意瞬间消散得无影无踪，只见一片湛蓝的天空。一道道阳光从多叶的树枝间钻进来，在地面上画出一个个斑驳陆离的光圈。葳蕤的树叶上晶莹的露珠闪耀在秋日的阳光中，林中的鸟儿开始啭鸣，有几只松鼠在树枝间欢快地跳跃，高空中翱翔着巨大的海鸟，海鸥在绿茵茵的草坪上旁若无人地昂首阔步。近岸的岛屿清晰地映入了眼帘，岛上的树木郁郁葱葱，造型各异的屋顶掩抑在万绿丛中，在阳光下绚丽多彩，好似童话中的世界。穿着各色服装、操着各式语言的人们纷至沓来，打破了清晨的宁静，码头上各色舟楫载着来自世界各地的游客开始了湖上之旅。

在蓝天白云下，我们的游船徐徐驶离码头，站在船上层的甲板上，清风习习，凭栏远眺，天空辽阔，风轻云淡，湖面似镜子一般平坦，白露横江，水光接天，湖波不兴。望着这烟波浩渺的无垠碧波，令人不禁有纵一苇之所如，凌万顷之茫然。浩浩乎如冯虚御风，而不知其所至；飘飘乎如遗世独立，羽化而登仙之感。船行湖上，一个个大大小小的岛屿仿佛在身边滑过，岛上色泽不一、风格迥异的各式城堡、别墅、船坞，有的高高耸立在天空，有的掩映在岛上葱翠的树林中，只能看见它们尖尖的或是圆形的屋顶。大的岛一眼望不到边，小的岛上就是一幢房子，好像推开门一脚就踏在湖面上，最小的岛仅仅只是几块礁石漂浮在水面上。绝大多数的岛整个就被绿色包围起来，但也有个别小岛好像就是在水面上浮着一大片石头，但在它的缝隙中居然也昂然屹立着不太高的灌木，多数岛上有人，这些都是前来避暑的岛的主人；还有一个小小的岛栖息着成千上万的各种鸟，当游船过时也不飞起，一副与世无争的样子。湖上的大小游船往来如织，有的贴着水面疾驰，一条条快艇以闪电般的速度从我们的船侧一晃而过，在船的尾部留下长长的白色波涛，也有的船夫一个人驾着一叶扁舟，一左一右不慌不忙地摆动着桨，掀起一簇簇细细的水花，更有片片白帆被湖上的风吹鼓了乘风破浪前进，在它的背后拖着一条长长的尾巴。

千岛湖上的岛屿绝大部分属私人所有，据说当时最便宜的才五十美元就可以把它收入囊中。对于这些岛主的故事大家似乎并不关心，但有两个岛却是被人津津乐道。其中一个是扎维孔岛，它是美国通用公司原总裁在买下了一个美国的小岛后觉得太小，于是又买下了属于加拿大的扎维孔岛。他岛上建了别墅，又在两个岛中间造了一条长度仅为 9 米多长的世界上最短的跨国桥，桥的一端挂美国国旗，另一端挂加拿大国旗，桥的中间挂意大利国旗，因为他是意大利人。也不知是说笑话还是竟或是真的，说是夫妻俩一吵架，一方就跑到桥的另一端岛上去，这也算是有关这个岛的趣闻吧。千岛湖中最著名的可能莫过于留下一段缠绵悱恻凄宛爱情的心岛。心岛原来的主人是纽约旅业大王乔治博尔特，此人出身很苦，从做小生意开始逐渐成亿万富翁。他最早在酒店干过，后来酒店要裁人，他主动向老板要求不要工资继续在酒店干活，靠旅客给的小费作为工资。在其成功的背后有一段感人的爱情故事，乔治有个女朋友叫爱丽丝，出身德国名门，家里很有钱，她的父母根本看不上这个穷小子，但爱丽丝还是和当时还是个穷小子的乔治结了婚。爱丽丝后来生了病，很怀念当年在德国古堡里的生活，为满足爱妻的要求，他买下了这个小岛，并且于 1900 年花了 2500 万美元，请了最好的设计师，雇用了 300 名工人，用了当时最好的建材在岛上建了一座欧式风格的罗宾兰德古堡作为献给他爱妻的礼物。可惜就要在工程

即将完工时，爱丽丝因病去世，当年才41岁。乔治悲痛万分，立即停工，并且从此再未踏上这个令他心碎的岛并把它赠送给了美国政府。爱情是伟大的，当心中的爱一旦消逝，对一个忠于爱情的人来说，其悲痛是无法磨灭的。

游船在湖中迂回航行，一个个岛屿逐渐消失在我们的视野里，而能见到的也不过是小小的一部分而已，带着一些惆怅，游船回到了码头，新的一批游客就要开始他们的湖上之行了。

傍晚，我漫步在湖滨，与早晨雾谒笼罩着的淡雅秀气不同，落日下的千岛湖金碧辉煌，在水天相接的远处，色彩绚丽的晚霞在湖面上描画出一幅瑰丽的画卷。湖水在夕阳的照射下光彩夺目，微微带些紫色，目能所及的湖上岛屿都被披上了彩色光环。各色游船都已回到了港湾，偶尔还有一两条小舢板还在湖面上徜徉。一些小鸟还在不知疲倦地不时掠过水面觅它们的晚餐，此时若用落霞与孤鹜齐飞，秋水共长天一色来形容眼前的景色那是再切合不过了。渐渐地晚霞的余晖从湖面上褪去，但见林梢烟暝，岭首日沉，暮色缓缓低垂天际，岸上城堡、尖塔的倒影飘荡在湖面上，湖中的岛上风物依旧依稀可见。前来湖畔看落日的人不多，在我前方不远处，有一位大约十八九岁的金发少女眺望着湖上的薄暮景色。她不像我印象中常见的西方美人那样人高马大，却是十分小巧玲珑，体态优雅，一对清澈无邪的大眼睛镶在姣好的面容上，神色温柔而又恬静，身上那一袭粉底白碎花的连衣裙在傍晚湖上吹来的微风吹拂下飘呀飘，与夕阳下的湖光水色映成一道美丽的风景。

太阳全部沉到水面下去了，月亮从树梢上升起来，月光像白色的瀑布把它的光辉泻射到树林里，部分光线被茂密的树叶遮盖着，漏下银色的星星点点，万万千千，好似满天星斗落到了林间空地上。

树林外，月色溶溶，夜空如被水洗过一般澄澈透明。一望无垠的湖面变得黝黝的，被月光照到的地方可以望见翻滚着的小波一个跟着一个向前流淌，在夜幕中闪闪发亮。湖中的小岛现在只能依稀辨认出模糊的轮廓，在湖面上轻轻地战栗。除了那远处传来袅袅冉冉的音籁和湖水轻轻拍击湖岸的轻吟以及林中的瑟瑟音响外，只有夜鸟的啼鸣偶然打破了千岛湖静谧的夜空。

夜深月斜人静，千岛湖也进入了梦乡！

掀起你的盖头来

——蒙特利尔归来

去年自加拿大尼亚加拉大瀑布及卡萨罗马古堡归来，我女儿的加拿大同事听说我们居然没有去蒙特利尔不禁为我们叫屈，然后向我们隆重推荐蒙特利尔。在她生花妙舌的介绍下，蒙特利尔简直堪称加国第一，世间无双。但我对她的介绍还是抱有相当怀疑的，因为她出生在蒙特利尔，出于对家乡的特殊感情，难免有夸大之辞，不过这也确实促成了我们第二次加拿大之行。真是天公不作美，出发当天却下起雨来了，这雨还一阵紧似一阵，车前挡风玻璃上的雨刮器虽然不停地左右晃来晃去，也还是来不及驱赶掉如注的雨水，望出去像隔着一层毛玻璃似的。高速公路上只见对面来的车辆都亮着车前灯，疾驰的车后扬起一条条长长的水雾，雨幕中的天际显得湿润又迷茫，公路两旁森林和草地绵延不绝，大片大片的玉米地掺杂其中，经了雨水的洗刷更加青翠欲滴。越过森林和草地，远远的还是一眼望不到边的森林，不时还会突然冒出一个个湖泊来，湖面上白茫茫的一片。加拿大境内的高速公路很宽，最多的有22个车道，加上人口也少，所以很少发生堵车的情况。车行三个小时就到了千岛湖，此时居然天朗气清，秋日的阳光普照大地，一切充满了勃勃生机。我们先游千岛湖，在这儿住一夜，第二天再前往蒙特利尔。

蒙特利尔是加拿大第二大城市，位于魁北克省西南部，坐落在圣劳伦斯河与渥太华河交汇处三大群岛之一的蒙特利尔岛上。市区分布在皇家山和韦斯特山上，是一座依山傍水风光秀丽的古老山城。全市300多万人口中一半以上说法语，故又有小巴黎之称。蒙特利尔最早是印第安人的集镇，1535年欧洲探险家雅克·卡蒂亚从圣劳伦斯河溯行向上发现了这个岛，将其命名为皇家山，城市名也由此而来。16世纪30年代第一批法国人在此定居，从事马匹布料和毛皮交易。1763年的《巴黎条约》结束了英法七年战争，英国取得了蒙特利尔的统治权，此后200年即是英法两国文化在这里磨合并存。1825—1849年曾是加拿大首都，今天是加拿大工业商业、经济及文化中心，也是世界上最大的河港之一。

到蒙特利尔，首先要去的是皇家山公园。公园地形跌宕起伏，位于市中心，建于1876年，占地200公顷，高度234米，是全市最高点。站在观景台上可以俯瞰全市景色，举目远眺，云卷云舒，摩天大楼高高耸立在蓝天下，现代化的大厦旁，散落着风格典雅的古老建筑，教堂的尖顶在秋日的阳光下闪烁。圣劳伦斯河在城市的中心缓缓地流啊流，像一条美丽的飘带，清粼粼的河水轻轻地低吟浅唱，好似向人们诉说着数百年来的城市风情。河两岸是葱茏的森林，

地面上芳草萋萋，间杂着盛开的各色鲜花。皇家山高地是全市最漂亮的区域之一，是法裔的一大聚居地。市政厅和北美最大的诺特丹圣母大教堂就在这儿。这座始建于1642年的哥特式建筑历经三次拆毁重建，最终于1982年定型，它端庄雄伟，金碧辉煌，可同时容纳5000人，1994年加拿大著名歌星琳狄翁在此举行婚礼使其更名噪一时。这儿还有蒙特利尔最古老和欧式经典的许多建筑，民居的每座小楼外面充塞着五彩缤纷的花花草草，户外的铸铁楼梯别具一格。颇具法式情调的咖啡馆点缀其间，整条街道就像座连绵不绝的花园伸向前方。

老港口离这儿也不远，晴日薄暮中的老港口望上去像披着一件略为褪色的金色外衣，它是历史的浓缩，虽已废弃，非复当年车水马龙的烦嚣，但依然有保存完好各具特色的欧式老建筑缥缈于霄汉。古老的飞甍峻宇好似一位时间老人在向来访的游人们陈说着曾经的辉煌和尘封的往事。餐厅、宾馆、画廊、艺术馆比比皆是，旅游者可以乘坐古色古香装饰非常漂亮的马车流连其中，仿佛穿越了时光倒流的隧道，来到了18世纪的欧洲。

皇家山高地北边的小意大利区有浓浓的意大利风情，到处扯着意大利国旗，蒙特利尔最大的市集让·塔隆集市就在这里。

位于圣劳伦斯河畔的67号住所是最古怪的建筑，在我所走过的地方还从没发现与它类似的。这里的每一间屋子都是单独预制建造之后再像集装箱那样以参差错落的形式堆积起来，就像小孩子玩的积木似的。它是加拿大以色列裔建筑师沙夫迪1967年为了世界交易会所设计的，至今仍堪称世界上最出色的加拿大建筑。

中国城就在市中心，矗立在圣罗兰大道南北路口的两座牌楼相距约200米，牌楼木雕蓝底上分别写有唐人街和钟灵毓秀金色大字，

两对石狮摆在牌楼两边。中国城最早是犹太社区，随着中国广东人来此修铁路、定居，从而逐步发展成现在的规模。唐人街上有好多中国餐馆，还有中国特色的各种店铺，除了教堂外，还有道观，估计寺院也应有的。上次在尼亚加拉大瀑布旁边就看见一个规模蛮大的光明禅寺。街道两边还排满了货摊，如同国内的小商品市场一样，琳琅满目的中国小商品充斥其间，连搔痒痒的不求人也有，反正到了这儿就像没有出国一样。我们在一家川菜馆吃了晚饭，味道倒还正宗，不过老乡归老乡，小费一点都不马虎，还按 15% 老早给你算在里边了（美国小费一般按 10% 收取，而且是客人另外给的）。

蒙特利尔市内有很多美术馆、博物馆、音乐厅、剧院等。特别值得一提的是墙画，漫步在蒙特利尔的大街小巷，大大小小、题材风格各异的墙画，随时会映入眼帘，把艺术与城市风貌完美地结合在了一起。（唐人街上有一巨幅的京剧旦角与两个京剧脸谱的墙画，很令喜爱京剧的我感到欣慰。）每年夏天还邀请当地和其他各国的街头艺术家当场创作，市民是把墙画当作艺术品来欣赏的。

蒙特利尔因为通用法语，所以许多交通指示牌、一些景区的介绍和商店的招牌等都用法语，特别是法语区，所以有时候真像个文盲似的，带来很多不便。

日落咸池，月生东谷，蒙特利尔市的夜开始了，温柔的月光用它千万条银丝编织成一张大网，拥抱着大地。天上的星星与地上的绚丽灯光交相辉映，凉风拂面，绿萌婆娑，空气中弥漫着馨香；街头艺人演奏的琴声洋溢于秋夜，如梦如幻。人们很休闲地在精致的露天座位上啜着咖啡，就像他们的先人一样，时间似乎在这一刻凝固了。

蒙特利尔是古老的，但又同样充满了青春的活力，岁月的画笔

在她身上描摹出成熟女人的丰韵，她既像风鬟秀鬟绰约多姿的少女，也有美目盈盈溢秋水，长眉淡淡扫春山古代名门闺秀的雅致。在这儿，现代的气息和古代的典雅结合得如此完美，令人叹为观止。看来，那个加拿大人对它的赞美也并非是过分溢美之词，何况我在这儿也仅仅掀起了她的盖头，至于她除了盖头后的嫣然风致那就等您亲自来寻觅吧！

沧桑雅典

从美国波士顿到雅典必须在伊斯坦布尔转机，此一旅程是美国航空公司的班机，空中飞行九小时才到伊斯坦布尔。从伊斯坦布尔到雅典仅飞行了一个小时，出机场打的到宾馆花了一个小时。听说雅典的出租车很不规范，而且司机只会希腊语，后来总算他用他的电话找了个懂英语的人才算与他讲明白我们宾馆的地址。对于这个每年有近200万游客的城市来说，服务行业人员不懂英语也确实带来很多不便，后来在宾馆也这样。但不管怎么说，总算来到了梦寐中的古城雅典。

雅典是希腊首都，也是古希腊的政治文化中心。以往对雅典充满了神秘感，只知它是世界上最古老的城市之一，而今即将撩去它的神秘面纱，与它近距离的接触，这3000年的古城就在脚下，不由得一阵激动。在雅典观光旅行可乘坐环行旅游巴士，一次买票可连续使用三天。车上没有导游，但每人发一副耳机，只要插入座位旁

的插孔内，耳机里就会传来用七种语言介绍沿途的历史遗迹和人文景观。大概来希腊的华人也不少吧，所以七种语言中也包括汉语。每到一个景点，可以自由上下，而且下车的地方与景点距离也并不远，一般步行3—5分钟即可到达。雅典古迹名胜之多，实在出乎意外，有人告诉说，为筹办2004年奥运会而建贯通全城的地铁，哪知地下到处是古建筑遗址，只好经常改变线路设计。其建造费用亦达到空前，甚至有奥运会的举办导致了国家经济濒临崩溃边缘的说法，也不知是揶揄还是确为实情。面对这浩瀚的古代文明，在有限的时间内只好拣一些比较著名的地方以饱眼福了。

雅典卫城

来到雅典，卫城是必到之处，卫城也称为雅典的阿克罗波利斯，原意为“高丘上的城邦”。遗址位于雅典城西南一座小山顶的台地上，高出平地约60—80米，总体建筑顺应地势。其建筑集中反映了古希腊的建筑成就，是世界建筑史和艺术史的珍品。清晨阳光初上之时，从山门进入卫城，穿过短短的门洞，如同穿越历史的时光隧道，进入3000年前的雅典。正对山门的是巴特农神庙，又称雅典娜神庙，建于公元前447—432年，长70米，宽30米，采用多立克式建筑。巴特农在希腊文里是“圣女之所”，供奉希腊女神雅典娜，雅典之命名亦由此神而来。神庙坐落在山的最高处，全部用大理石建成，在雅典的任何地方都能望见。它代表古希腊建筑艺术的最高成就，被称为神庙中的神庙，也是当今世界上现存最大最古老的神庙。当年雅典娜与她的叔叔海神波塞东为取得雅典守护神而斗法，雅典娜以象征和平和富裕的橄榄枝取胜，神庙就是为纪念她而建。仰望

神庙周边环绕的46根高18米支撑石柱，不由得令人震撼，在科技不发达的远古时代，希腊的先民们发挥了何等聪明才智，才为我们留下了如此不朽的杰作。神庙正殿中原竖有一座高约10米、用黄金和象牙打造的雅典娜立像，此像后来被运往君士坦丁堡，就此下落不明。在古代希腊神话中，雅典娜是古希腊奥林匹斯十二主神之一，同时也是智慧和知识艺术之神。传说她仪态万方，光彩照人，不过她却常以头戴战盔、身穿长袍、手持长矛全副武装的形象出现。她是个处女，所以神庙也就成了圣洁之所。传说中蛇发女妖美杜莎一生的悲情亦是由她造成的。据说美杜莎的父亲是一个地位很低的海神，美杜莎是他最小的女儿，又是一个美艳绝伦的女子，后来她以处子之身成了雅典娜的祭司，但海神波塞东在雅典娜神庙强暴了她。雅典娜为亵渎了她的圣洁殿堂而大怒，不仅将她逐出神殿，还给她一个恶毒的诅咒，使她变成了一个又丑又凶残的蛇发女怪，凡是被她眼睛看到的男人都会变成一根石柱。她最后被珀尔修斯所杀。

位于巴特农神庙北边的是伊瑞克提翁神殿，建于公元前359年，供奉传说中雅典始祖伊瑞克提斯。神庙南侧的廊台上有六尊长裙束胸，轻盈飘逸的少女像柱，她们亭亭玉立，头顶大殿石顶。可惜这是复制品，正品现存卫城博物馆。这儿也就是雅典娜与波塞东斗法之所。

卫城中位于山门右侧的阿迪库斯露天剧场是世界上最古老的剧场，初建于公元前6世纪，公元前4世纪重建。希腊著名的剧作家埃斯库罗斯、索福克勒斯、欧里庇得斯、阿里多芬尼斯等人的作品都曾在这儿演出，直至今日，人们也常在这儿举行音乐会和歌剧晚会。

从一条山间小道穿行就来到了古市集和古罗马市场，如今已是

一片废墟，当年可曾是集会的场所，据说苏格拉底经常在这儿发表演说。穿过古市集就到了阿塔罗斯柱廊，留存的建筑还很完整，走在幽深的廊柱内，仿佛从历史中走来，回到了古雅典。稍远处是供奉火神和工匠之神的赫淮斯托斯神庙，可别小看了此神，他的老婆可是鼎鼎大名的希腊爱之女神阿佛洛狄忒，亦即是维纳斯。雅典残运会的圣火曾在此点燃。

历史的回响

希腊位于欧洲北部，西邻意大利，东接土耳其，北连阿尔巴尼亚，既是世界奥林匹克运动的发源地，也是西方文明的摇篮。这一地区古希腊文化曾盛极一时，并成为古罗马文化的重要组成部分，其对西方世界的巨大影响一直延续到今天。西方文化中的政治、教育、哲学、艺术、建筑等各个领域都能看到古希腊文明的影子。象征着古希腊文明的历史遗踪俯拾皆是，那些曾经活跃在这片土地上的名人如荷马史诗的作者荷马、唯心主义哲学家柏拉图、才学兼备的亚里士多德、古代欧洲伟大的军事家亚历山大大帝、历史之父修昔底德以及《伯罗奔尼撒战争史》的作者希罗多德如今还是世界各国人民耳熟能详的历史伟人。

暮色缓缓低垂天际，漫天云霞映照在雅典卫城、宙斯神庙以及那些数不尽的远古遗址上，虽历经几千年的风霜雨雪，甚至人为的破坏，但留下的断垣残壁仍然默默守护着这个雅典娜卫护的城市，飘荡在城市上空的空气中仍然充斥着若有若无来自远古的神秘和浪漫气息。在这以神话为历史的城市随处可见神的足迹，精美的雕像被随意搁置于亚里士多德、苏格拉底曾坐着论道的古代广场，几千

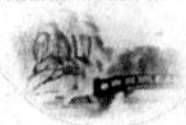

年的时光似乎就凝固在触手即可抚摸的神像衣襟里。

徜徉在雅典街头，车辆穿梭于并不十分宽阔的大街小巷，人们熙攘往来，商店里顾客盈门。宪法广场无名战士纪念碑前穿着鲜亮的民族服装、略带夸张而有些滑稽步伐的卫兵正在举行换岗仪式；而在邻近的一片广场上，游行示威的人们正在向路人讲述着什么，并且散发着传单。神话中，宙斯释放了两只雄鹰，并让它们朝着相反的方向飞行，雄鹰在德尔菲相遇，因此那里就被人们认为是世界的中心。而今去德尔斐游览的人们还能在山腰见到象征世界中心的一块并不十分高大的石头。来自世界各地的人们怀着崇敬的心情来到这儿瞻仰心目中人类文明的丰碑！一生热爱希腊的英国浪漫主义诗人拜伦曾说过："希腊是唯一令我心满意足的地方。"这位跛足的英国勋爵于1823年到希腊加入反抗奥斯曼奴役的希腊独立战争，并担任一支希腊军队的司令。1824年4月19日，这位浪漫的诗人战士病逝于军中，临死前，拜伦遗嘱："我的财产，我的精力都献给了希腊的独立战争，现在连生命也献上吧！"

让我们为历经沧桑的雅典，这不朽的古城，人类文明的摇篮致敬！

威尼斯风情

飞机从雅典机场起飞，经过两个小时的空中旅程就到了威尼斯。真是名不虚传的水城，一下飞机就坐水上巴士在广阔的水面上劈波斩浪，两小时后来到了憧憬已久的浪漫之都。被誉为亚得利亚海上明珠的威尼斯于公元452年建于潟湖上，由150多条水道分隔成118个岛屿，岛上拥有400余座桥梁。运河取代了公路的功能，各色船艇穿梭游弋于河中，成了一道独特的水上风景。威尼斯的先民们在水底下的泥土中打上木桩，一个挨一个，这就是地基，铺上木板后就盖房子，所以人们说威尼斯上面是石头，下面是森林；这水下森林不用担心会腐烂，考古人员曾从马可·波罗的故居下挖出的木头坚硬如铁。

威尼斯景色旖旎，风光独特，历史古迹俯拾皆是，是个绰约多姿古韵十足的历史名城。现在就让我们开始漫步游览吧。

圣马可广场

威尼斯最负盛名的要算圣马可广场，广场初建于公元9世纪，当时是一个并不起眼的小广场，公元1177年为了亚历山大三世和神圣罗马帝国皇帝腓特烈一世的会面才扩建成如今的规模。广场东西长170米，东边宽80米，西边宽55米，总面积10000平方米。一直以来它都是威尼斯的政治、宗教和传统节日的活动中心。广场上岿然屹立着公爵府、圣马可大教堂、圣马可钟楼、新旧行政官邸大楼、圣马可图书馆等文艺复兴时期的精美建筑，它们是拜占庭、哥特、巴洛克、古罗马、威尼斯东西方风格的和谐统一，成了威尼斯建筑艺术的经典。广场入口有两根高高的圆柱，东侧的圆柱上挺立着一只腾空而起的青铜飞狮，飞狮的左前爪抉着一本书，上面用拉丁文写着天主教的圣谕："我的使者马可，你在那里安息吧！"这飞狮成了威尼斯的城徽；另一根柱子上的是威尼斯的守护神圣狄奥多。这里曾是威尼斯的迎宾入口，圣马可是圣经中《新约马可福音》的作者，公元前67年在埃及殉难。据说，公元828年两位威尼斯商人在当时总督的授意下成功地把他的干尸从亚历山大港偷运回威尼斯，并在同一年兴建教堂，将他的遗骸埋于教堂中的陵墓，广场亦以他的名字命名。圣马可教堂正面的五个入口及其华丽的罗马拱门上方五幅描述圣马可事迹的镶嵌画，以及屋顶上细腻的雕塑都是金碧辉煌，令人目眩神迷。圣马可大教堂是基督教世界最负盛名的大教堂之一，也是第四次十字军东征的出发地，它是当年威尼斯历史、富裕、信仰的集中体现，也是建筑艺术的经典之作。

广场上高耸入云的威尼斯钟楼高达98.6米，始建于15世纪末

期，是城市的坐标及广场建筑空间构图的中心。从钟楼顶上向下俯瞰，威尼斯全貌和潟湖的景色尽收眼底，据说晴天还能远眺阿尔卑斯山顶的皑皑白雪。每逢整点，钟楼上五钟齐鸣，其声深沉浑厚传向四面八方。公元 1609 年，伽利略曾在这儿向当时的总督当纳展示自己发明的天文望远镜。教堂旁的总督宫往昔是政府机关与法院所在，现今是收藏丰富的博物馆。总督宫对面的圣马可图书馆是意大利现存最早的公共图书馆，拥有世界上最伟大的古典文本收藏。

圣马可广场以它的宏伟壮丽引得世人瞩目，就连不可一世的拿破仑也赞叹它是“欧洲最美的客厅”和“世界最美的广场”。今天的人们从四面八方涌向这里，瞻仰这座不朽的艺术宝库。成千只灰鸽在广场上飞起飞落，争相啄食，白色的海鸥也间杂其中，谱写了一幅人与鸟和谐相处的场景。

大运河、里亚托桥和叹息桥

有着“水城”“桥城”“运河之城”“漂浮之都”等美誉的威尼斯自然离不开水和桥。150 多条运河像蛛网一样密布在威尼斯，其中最主要的是贯穿全市号称最长街道的大运河。大运河全长 4 公里，沿着这条“街道”可饱览两岸建于十四五世纪各种风格的 200 来座宫殿、高楼、教堂。这些建筑的地基都沉在水中，举目望去，就像掩抑在水中一座绚丽多彩、五光十色的欧洲建筑艺术长廊。大运河就像一条熙熙攘攘的大街一样，各式船只舟楫穿梭其间，构成一道独特的水上风景。

桥是水的孪生兄弟，有了这么多的河，自然就有了那么多千姿百态、大大小小、造型各异的桥梁，其中最负盛名的就数里亚托桥

和叹息桥了。里亚托桥长 48 米、宽 22 米，是大运河上最长最古老的一座桥，桥身全部用白色大理石建成，又称“白色巨象”。该桥初建于公元 1180 年，本是一座木桥，公元 1444 年因被观看费拉拉公爵婚礼的民众踩塌，于是在 1508 年改建为大理石桥。建桥当年曾公开征集设计方案，米开朗琪罗等都曾应征，最后以安东尼·达蓬特的设计建造并屹立至今。桥上店铺林立，中世纪时便是当时的贸易中心，据说世界上第一家银行就创立于此。莎士比亚的名剧《威尼斯商人》的背景亦选此桥。

叹息桥在总督府的后面，它不像威尼斯的其他桥供人穿行，以前这里是犯人从总督府通往后面监狱的必经之路。桥的造型属早期巴洛克风格，是一座封闭式的拱形建筑，只有朝向运河的一侧有两个小窗。死囚通过此桥往往是行刑前的一刻，只能透过小窗最后留恋地看一眼威尼斯，感叹即将结束的人生，从而得名叹息桥。另外还有一个传说，一名死囚犯看见他从前的恋人在桥上另一端与新欢亲吻，不禁深深叹息。不过叹息桥又是世界上最浪漫的桥之一，据说恋人们在桥下接吻就能让爱情地久天长，电影《情定日落桥》也曾在这儿取景。

贡多拉

威尼斯是世界上唯一没有汽车的城市，市内交通就靠各种船只，有水上巴士、水上的士、豪华游轮、小摩托艇等，但最具特色并成为威尼斯标志的是一种名叫贡多拉的小船。这种船船身窄窄的，有点像独木舟，船头和船梢稍稍向上翘起像一弯新月。日落之前，残阳如血，晚霞染红了半边天，乘坐在贡多拉上举目远望，在水天相

接的远处，耸立着几处高楼和教堂尖尖的屋顶，仿佛是蓝色背景上形状各异的大小村落。渐渐的天色暗了下来，月亮悄悄地爬上来，小舟沿着蜿蜒曲折的水巷游动，流动的水波搅动着月亮的影子，两岸高大的石头建筑鳞次栉比，使本来就不宽的小河更显狭窄。穿过一座座古老的小桥，船桨划破水面发出有节奏的哗哗声，船夫用听不懂的意大利语演唱着古老的民歌，其声呜呜然，如怨如慕，如泣如诉。此时脑海中突然浮现出唐代诗人杜荀鹤咏苏州的一首诗："君到姑苏见，人家尽枕河。古宫闲地少，水巷小桥多。"有人把苏州称作"东方威尼斯"，颇觉得名不副实。苏州虽也有小桥流水人家的意境，但要是与漂浮在水上的水城威尼斯相比，不免有小巫见大巫之感。

梦幻玛雅

——墨西哥坎昆归来

知道墨西哥这名字，还是远在我的童年时代。提起来还颇有些令人伤感，记得我童年那时候，家中经济十分困难，特别是每当新学期开学，学费、书杂费是一笔不小的开支。此时母亲就会悄悄塞给我十来个银圆叫我去老县城人民银行卖掉。银行那望而生畏高高的柜台我得踮起脚尖方能够得上（那时大人不敢去）。在那些银圆中有一种墨西哥鹰洋，每枚收购价是一万元（旧币，相当于后来的一元）。于是我就在这小小的年纪就知道了墨西哥这个名字。如今母亲已作古多年，但 60 多年前的往事常萦绕在心间，母亲给我银圆时的情景恍如昨日，令人唏嘘不已。上中学时在地理课本上又读到了墨西哥这个国家。在我的青年时代看了几部墨西哥电影，印象特别深的有《生的权利》：年轻漂亮的玛利亚·特蕾莎与一有妇之夫发生关

系怀孕，她的父亲一定不要这孩子，说他“没有生的权利”。在医院里利蒙塔大夫以自身的经历告诉她，原来他妈妈也是被一个自私的男人抛弃后产下他的，后来机缘巧合让他与外公和亲生母亲相认。医生的讲述令玛利亚决心把孩子生下来，因为他有生的权利。看这部电影时我还很年轻，没有结婚，但影片中那句“生的权利”一直令我不能释怀。“文革”后又看了当时甚是叫座的墨西哥电影《叶塞尼亚》《冷酷的心》等影片，进一步加深了对墨西哥的了解。然而真正令我对墨西哥感兴趣的是它的玛雅文明，于是趁 4 月间天气不太炎热去了趟墨西哥的坎昆（Cancun），算是与玛雅文明有了一次初步接触。

坎昆位于加勒比海北部尤卡坦半岛东北端海滨，隔尤卡坦海峡与古巴遥遥相对，是一座长约 21 公里，宽仅 400 米的美丽岛屿。整个岛屿呈蛇形，坎昆在玛雅语中意为四条蛇，被认为是欢乐和幸福的象征。坎昆不仅以它美丽的海滩和诱人的热带风光吸引着世界各国的旅游者，更以其周围的奇琴伊察和图隆及科巴等玛雅文明遗址令爱好探古的人们从地球的各个角落纷至沓来。而坎昆也在短短的 50 年间迅速从一个仅有 500 居民 3 个小旅店的小村镇发展成到目前拥有 200 万人口和上千家旅馆的旅游胜地。市内道路两旁到处都是挺拔挺立的椰子树和各色盛开着的三角枫。入夜，整个城市笼罩在姹紫嫣红的霓虹灯光下，略带些许湿润的海风阵阵拂面，街道两旁的咖啡馆里飘出节奏奔放热情的墨西哥乐曲，令人如置身于琼楼玉宇的仙境中。

奇琴伊察（Chichen Itza）

奇琴伊察坐落在尤卡半岛北部，离坎昆不过150公里，在玛雅语里意即在伊察的水井口。从公元前6世纪到玛雅古典时期，奇琴是玛雅的主要城市。到公元7世纪时已经成为一座繁华昌盛的城市，公元10世纪开始又兴建了许多风格类似墨西哥中部托尔特克（Toltec）文化的建筑。13世纪初期玛雅人内部的大规模杀戮和统治集团的迁徙导致其衰落。遗址中心是库库尔坎金字塔（KukulcanPyramid），玛雅语中为羽蛇神。它巍峨壮丽，外形非常漂亮，美轮美奂，建造于公元10—12世纪，由塔身和神庙两部分组成。塔高约24米。这座塔的很多数字都暗含玛雅历法：其每边台阶都是91级，四边相加为364，再加上塔顶神庙高台也算一级刚好365级，玛雅历法一年确是365天。塔每面是9级平台，由阶梯从中间分开，于是每面就是18个平台，象征历法中的18个月，每个月为20天，另有一个月是5天零3小时45分48秒，加起来每个太

阳年为365.2420（现代精确值是365.2422）。塔的四面各有52个四角浮雕，表示玛雅的一世纪为52年。这座金字塔还有著名的“羽蛇下凡”奇景：每年的春分和秋分这天，当日落偏西到某个角度时，“羽蛇”的奇景就会出现。此时阳光斜射的阴影正好遮没台阶，从而形成波浪形弯弯曲曲的长条，与塔底部的羽蛇头部雕像连在一起，随着落日角度的变化，其映出的图像宛如一条有生命的蛇在蜿蜒游动，幻象持续的时间恰好为3小时22分。这奇迹的出现并非巧合，而是玛雅人精确的天文知识与建筑艺术完满结合的结果。一千多年前玛雅人就能取得如许成就不能不令人叹为观止。这座金字塔因2005年有游人攀爬失足坠下摔死，此后就不再允许人们攀登。金字塔西北方向约150米左右是全墨西哥最大的玛雅古球场，这是一片长166米，宽68米的长方形场地。

金字塔以东100米处有一座武士神庙，这是一个阶梯状的金字塔石头建筑，高10米，宽40米，神庙顶上的祭台由一个坐着的人的双手和肚皮组成。神庙的两侧伫立着千余根石柱，石柱上都是武士的浮雕，石柱又高又大，排列成阵，蔚为壮观，估计这些石柱当初是用来支撑神庙屋顶的，由此也可想象其建筑是何等宏伟。武士神庙的侧前方有一座宽为15米，长60米，高为2米的石头骷髅平台，其四周壁上都是骷髅浮雕，令人望而生畏。

金字塔南面还有许多石头建筑群，最出名的就是天文台，它是世界上最早的天文台，比伽利略的天文台早了600年。天文台是玛雅文明中唯一的圆形建筑，其外形与现代的天文台亦极为相似。

从球场和武士神庙之间向外走约200米是一片丛林，丛林中间有一个非常深的圆形水坑，叫圣水圹，深35米，直径为60米。1900年前后美国哈佛大学教授爱德华·汤普森从水圹的淤泥中打捞

出许多尸骨和金玉器，这些器物来自墨西哥各地城邦和各个不同的年代，证明这儿从古就是印第安人的祭祀地。现今水圹里的水还是很清冽，很多游客在里面游泳嬉水。洞口热带乔木上的一缕缕长长的枝蔓直挂到水面上，形成一排排帘幕，如幻如梦，煞是好看。

图隆科巴（Tulum Caba）

图隆南距坎昆 150 公里左右，三面有城墙包围，一面临海，海边有白色美丽的沙滩，近岸的海水是绿色的，远处是浅蓝色的，再远处就是白浪滔滔了。图隆虽也是玛雅文明的遗踪，但比古典玛雅文明却晚了许多，它是玛雅人在其文明从巅峰衰落后好几百年才建立的海滨城市（大约建于 13 世纪）。欧洲殖民者来墨西哥时该城仍在使用，大约在被西班牙人征服后 50 年才被放弃。这儿热带丛林密布，废弃的城市很快被原始森林覆盖，直到 20 世纪初才被重新发现。古城里残留的建筑真不少，都是用巨大的石块垒起的高大城堡和一些稍小的建筑物，其中有两座并列的金字塔。据说当年城里住的都是贵族和有钱人，劳动者和穷人都住在城外。此外，坐落在海边小山上的金字塔可能是神庙或是瞭望台抑或二者兼而有之，从小山向下俯瞰就是奔腾不息的加勒比海。难以令人置信的是在当初科技很不发达的情况下，玛雅的先民们是如何把这些巨大石块叠上去的，而且历经几百年的风雨至今犹然屹立着！这也为今天的人们留下了一个旷世谜团。从城市遗址的规模也可想象当年的这座城市是何等的繁华，但今日除了顶着烈日来瞻仰人类古文明遗迹的各国游客外，只有断壁残垣和石头缝隙中生长的野草在无声地诉说着它的如烟往事。古城的小路上和残垣断壁间可以见到各色大小蜥蜴，其个体之大是我以前从没见过的，它们在烈日下旁若无人昂首向天。见此情景，我不禁胡诌了几句：且莫管赤日炎炎，我只作信步闲庭。五百年前歌舞地，尔今唯君作比邻。

从古城遗址出来，就进入热带丛林，丛林中的树木高矮不等，还有一些树枝蔓互相缠绕，稠密得不能通行。我们在丛林中一家据说是玛雅人的后裔家中作客，那屋子用木棍撑起，上面用树叶作屋顶，我们品尝了女主人用玉米面做的薄饼，男主人为我们表演了玛雅人的宗教仪式。只听他口中念念有词，手舞足蹈，导游说他在用玛雅语祈祷，反正大家也听不懂，就姑妄听之。

结束了图隆之行，又驱车来到科巴，这是墨西哥尤卡半岛上又一个玛雅文明城市遗址。这儿离加勒比海岸 40 公里，在奇琴伊察以东 90 公里。其全盛时期有居民五万多，各类建筑覆盖 80 平方公里，多建于公元 500—900 年间，属玛雅古典时期的中后期，此后一直有新的建筑不断兴建，老的也被修葺，如此一直持续到西班牙人入侵之前。遗址位于热带丛林深处，丛林密密麻麻，各种野果挂在树梢，各色野花缤纷灿烂，巨大的仙人掌形态各异，据说世界上有 2000 多种仙人掌，墨西哥就占了一半，而且仙人掌被广泛用在食品中。在丛林中又看到了一个较小型的球场，其格局与先前看到的一样。遗址内有高达 42 米的大金字塔，此外还有一座唯一供人攀爬的金字塔，有不少旅游者拉着从塔顶垂下的绳索顺着石级攀缘而上。我有

恐高症，于是只能望塔兴叹！因了丛林中的道路崎岖不平，又都是羊肠小道，所以机动车不能通行，只能坐人力车，一辆车坐两个人，一趟旅程有一个多小时。蹬三轮车的墨西哥人很辛苦，特别是有的游客人高马大，两人加起来超过 300 多斤，看着那车颤颤巍巍的在林中一路颠簸，不由令人有些不忍。

行走在密歇根湖畔

在密歇根州的北部，围绕着烟波浩渺的密歇根湖，散落着年代不一的小城镇，有的色彩绚丽多姿，有的淡妆素裹；有的生机勃勃，有的如覆盖着历史的尘埃，陈旧而迷惘。星罗棋布形态迥异的大小湖泊错落有致地散落其间，如一颗颗晶莹剔透的珍珠镶嵌在万绿丛中。除了湖泊，就是那连绵不绝的丛山、森林、草甸，各色花儿姹紫嫣红开遍在绿茵茵的田野上。清晨，当大部分天空还不十分透亮时，有一缕阳光从云层漏出，洒落在小山丘上，被阳光照射着的部分一片嫩绿，其间夹着一条条红色黄色的光带，在大部分深黛色的群山掩抑下显得十分神韵。湖水在未被阳光照射的时候黑黢黢的。

不一会，太阳升起来，蔚蓝色的天空映着碧绿的湖水，晨风习习，鸟儿啭鸣，阳光从枝叶繁茂的树枝间倾泻而下。丛山和森林显得明亮起来，远方的湖面上蒸腾着雾气，如幻如梦，近处的湖水是清澈的翠绿色。湖边盛开着各色花朵，花蕊缤纷，婷婷款摆，红葩

绿水，相映成趣，氤氲的香气袅袅绕绕弥散在空中。海鸥和不知名的水鸟不时从水面上掠过。在夏日灿烂阳光的照射下，湖光潋滟，山色空蒙，片片帆影搅动着湖面上的云彩。湖边水浅处，游泳爱好者如一条条大鱼翻腾起卷卷白色的波涛。

傍晚，夕阳的霞光渐渐退去，暮霭缓缓低垂天际。举目远眺，森林在晚霞余光的照耀下，色彩斑斓，熠熠生辉。湖面稍稍地暗淡下来，但能看到对面古堡浮在水面上的倒影，缥缥缈缈。湖岸边有人驾着一叶扁舟，沐浴在夏日的熏风中，躺在船板上好似怕唤醒沉睡着的湖波，轻轻地荡漾着，在浓绿的垂柳下飘着飘着，多么诗意盎然。夜幕悄悄地降临，月色溶溶，偶尔有几片灰色的绸云缓缓地掠过皎洁如银的月亮。一望无际的森林、湖泊和田野，在月光的沐浴中十分静谧。似乎从遥远的天际传来阵阵轻轻的天籁 加轻风的微吟，洛叶的战栗，溪流的呜咽，紫丁香的梦呓，薰衣草的絮语，还有在夜风的轻拂下湖水拍击湖岸的倾诉，组成了一曲音色旖旎旋律优美的夏夜交响曲，在暮色苍茫的夜空中不断地流淌。

更深漏静，月坠河倾，万籁俱寂，夜雾笼罩，密歇根湖沉沉睡去！